T0036716

Derroche

MARÍA SONIA CRISTOFF
Derroche

RANDOM HOUSE

Papel certificado por el Forest Stewardship Council®

Primera edición: marzo de 2023

© 2022, María Sonia Cristoff
© 2022, Penguin Random House Grupo Editorial, S.A., Buenos Aires
© 2023, Penguin Random House Grupo Editorial, S.A.U.
Travessera de Gràcia, 47-49. 08021 Barcelona

Printed in Spain – Impreso en España

ISBN: 978-84-397-4224-1
Depósito legal: B-19.273-2022

Impreso en Liberdúplex
Sant Llorenç d´Hortons (Barcelona)

RH 4 2 2 4 1

Para T. S.

Correspondencia incompleta

Querida. Mirá cómo volvemos a encontrarnos. Por carta, si es que esto es tal cosa. Empiezo a escribirla ahora, quién sabe por qué. Para no andar a las corridas, supongo. Para no tener que escribirte bajo el yugo de un resultado médico o de un cálculo devoto de estadísticas. Para disfrutarlo. Para convocarte. Para tenerte más cerca. He decidido dejarte todo, como sabrás para cuando leas lo que sigue. En ese momento, cuando leas, cuando lo sepas, yo estaré ya muerta. Espero que sepas disculpar este principio de culebrón, pero así son las cosas más inevitables. Imponen su doxa. Espero también que sepas disculparme la decisión. Porque el todo que planeo dejarte es largo, y no apto para cualquiera.

Sé que no cambiarías tu vida por nada, o al menos sé que eso es lo que le decís a todo el mundo, incluida vos misma frente al espejo cada mañana. No voy a repetir lo que pienso acerca de lo que vos considerás tus logros, ya lo sabés. Sin embargo, dejame decirte que sé que el cansancio, ese conglomerado de humillaciones que el eufemismo de época llama cansancio, se apoderó de vos hace mucho tiempo. Lamento darte esta noticia. Como en una película de alienígenas, te tomó y, sin que te termines de dar cuenta, te doblegó, te impuso sus reglas, sus renuncias. No voy a enumerarlas ahora. Entendí hace tiempo que hay cosas que no querés escuchar. Aunque me queda muy claro que puedo decirte acá cualquier cosa porque cuando leas, como te decía, ya estaré muerta. Es muy liberador, deberías probarlo. En su momento, claro. Nada de apresurarte también con eso.

Tía querida, sí; tía abuela, jamás. ¿Te acordás de ese lema que habíamos acordado, y que vos repetías siempre, y que cada vez nos daba risa? ¿Y de la risa? ¿Te acordás?

No debería irme por las ramas, finalmente esto es una carta. Imaginemos la escena, la situación. Yo estaré recién muerta. Vos, entonces, después de ese pico de molestia inicial que suelen generarte las interrupciones a tus planes, habrás concedido viajar a este pueblo desquiciante del que por entonces ya casi ni te acordarás. Al llegar, sin embargo, ni percibirás ese olvido ocupada, como estarás, en seguir atendiendo problemas de tu trabajo, en organizar a la distancia la cantidad de cosas que tuviste que dejar sin resolver, los mensajes sin responder, las redes sin revisar, los tragos sin tomar, las sesiones sin concertar, los conciertos y las funciones sin confirmar. Estarás con la cabeza en todo eso mientras mi abogado te lee el testamento, te entrega la llave de la caja de seguridad que él maneja y te da esta carta sellada junto con la urna en la que estarán las cenizas que para entonces yo seré. Es él quien percibe tu distracción mientras te da las instrucciones que siguen, y te lo señala. Te cae mal que se atreva a hacerte un comentario así, te parece desubicado, pero igual, precisamente a partir de eso que te dice empezás a caer en situación, empezás a estar acá, en este pueblo desquiciante. Mínimamente, pero empezás. Entre las cosas que mi abogado te repite hay una fundamental. Te lo remarca. Insiste en que, una vez en mi casa, tenés que ir hasta mi computadora, que aunque vos no lo creas tengo, habré tenido, perdón, y buscar ahí una serie de archivos encriptados. Cuatro son. Los encontrarás en una carpeta a tu nombre. Antes, tendrás que tipear una clave. Es una palabra sola. No te la voy a dejar junto con el testamento ni con ese discurso de bienvenida de mi abogado ni abajo del felpudo ni escrita con rouge en el espejo del baño ni mucho menos en esta carta. Nada de eso. Para recuperarla tendrás que depender solo de tu memoria. Pero tu memoria, implacable como es, tendrá que salirse de los carriles acostumbrados, hacer a un lado las citas bibliográficas sofisticadas y los retruécanos brillantes y los títulos de películas y las muestras de arte imperdibles y los activismos à la page, hacer a un lado todo ese universo al cual tu magnífica vida la remite constantemente y enfocarse, en cambio, en la infancia, no en cualquier etapa de la infancia sino en la de los años en los que vivías acá, o en los que venías acá siendo más precisa, años de veranos largos, de horas distendidas, años sin agenda, digamos, una etapa que ni siquiera sé si mencionarás en tus sesiones de análisis porque de productiva no tuvo nada, de eficaz tampoco, de divertida seguro sí pero calculo que hace rato habrás descartado el divertirte de tu agenda, te hablo del divertirte en su sentido etimológico, no mundano, divertirse como quien se va por lugares imprevistos, variados, como quien se extravía, como quien se tienta, una etapa, decía, digo, a la que solo accederás si todavía sos capaz de quedarte un rato sola, callada, entregada. ¿Todavía está viva esa capacidad, o terminó también avasallada por tu meteórica existencia?

Archivo I: Ganas

Cuánto me alegra que hayas llegado hasta acá, que me sigas leyendo. Aunque sea con esa ceja vigilante, impaciente, que te conozco bien. Hola, Lucrecia querida. ¿Te acordaste enseguida de cuál era esa palabra, nuestro código secreto? ¿Te acordaste de inmediato, como en realidad te acordás siempre de tus veranos acá, tan de inmediato como reconociste esquinas del pueblo, árboles de mi jardín, como si nunca te hubieses ido, tu memoria siempre conectada con este lugar y estos tiempos y yo, tu tía, diciendo cualquier cosa, haciendo suposiciones que no tienen nada que ver con lo que sos ni con lo que sentís, suponiendo una vida que no es en absoluto la tuya, hablando en definitiva como una mujer que nunca salió del pueblo, que saca conclusiones a partir de un simple silencio tuyo, un silencio que tuvo mucho de ocupación, sí, cierto, pero de ninguna de todas esas cosas que te endilgo? Es posible. Todo es tan posible como imposible en esa operación de riesgo que son los vínculos con los demás. ¿Te acordaste enseguida de la palabra, decía? ¿Y de los veranos, del calor que hacía en esas siestas soporíferas que te obligaban a dormir, de las tretas que inventábamos para liberarte sin que nadie se diera cuenta, del malhumor de tu padre porque tenía que volver a este pueblo que quería creer enterrado para siempre, de la melancolía irritantemente comprensiva de tu madre? ¿Te acordás de cómo nos escapábamos de todo eso, de ellos y sus lobregueces, del aburrido de tu hermano? ¿Te acordás del canal que un jardinero había cavado para que llegara el agua hasta la arboleda del fondo? ¿De la radio que nos contrabandéabamos para escuchar música latosa a la orilla de ese canal? ¿Y de los sombreros de ala ancha, y de los helados caseros? ¿Y de las cosas que llevábamos para dibujar? ¿Los crayones y las carbonillas? ¿Los rollos de papel y las hojas Canson? ¿Te acordás de los dibujos que empezabas a hacerme con birome en las piernas cuando se te terminaba el papel? Empezaban en las rodillas y seguían por mis muslos. Siempre me llamó la atención el hecho de que, entre esos dibujos, apareciera esa palabra. Una sola. La escribías por ahí, como si fuera tu firma, tu nombre de autora. Raro, ahora que lo pienso, que eso jamás haya salido en nuestras conversaciones, ni una sola vez en todos esos años en los que supimos hablar tanto. ¿Te acordás de nuestras conversaciones largas, frondosas?

Ahora que algo se activó en tu memoria, es importante que sepas que lo que te dijo el abogado es cierto, pero incompleto. Hay más plata, aunque él ni lo sospeche. Es mucha más, nada de los rollitos esmirriados bajo el colchón de la jubilada que nunca fui. Y está especialmente oculta. Ya verás por qué. Te estoy hablando de plata, de dinero, sí, de todos esos temas que siempre te parecieron menores. O tal vez no menores, tal vez importantes siempre y cuando vinieran como efecto de tu extraordinaria, impoluta, meritoria carrera, como confirmación inevitable de tu talento, de tu dedicación. Toda esa mitología que se arma cuando el dinero es algo que nunca te faltó, en definitiva. No para lo esencial, al menos. Y por esencial no estoy hablando de los servicios básicos y la comida para los hijos y demás sentimentalismos, estoy hablando más bien del dinero necesario para tener una vida que a uno le den ganas de vivir. ¿Te suenan esas ganas? ¿O ya se te confundieron con el deber, los doblegamientos, las prerrogativas del progreso?

Siempre es crucial, como ya te habrá quedado claro, saber cuál es el origen del dinero. Me pregunto si además de creer, como me consta que creés, que el tuyo lo ganaste por tus probados méritos, tu brillante cabecita y tus esmeradas notas al pie, alguna vez pensaste cuál es realmente el origen del dinero que, como decís, ganás. Si ya lo hiciste, si ya lo pensaste quiero decir, si alguna noche de insomnio te agarró desprevenida, desprovista de tus argumentaciones consabidas, sabrás que es oscuro, y si no lo hiciste todavía, tomá mi palabra por cierta, que no hace falta transitar pasillos universitarios para entender ciertas cosas. El origen del dinero es siempre oscuro. Un magma en el que se entremezclan explotación, muerte, humillación, injusticia y sometimiento. Con lo cual, frente a ese origen, las opciones no son tantas: lo negás, como hacés vos y toda tu tribu de privilegiados; lo padecés, como hacen los sometidos del mundo, la única tribu en expansión; lo combatís, como intentaron hacer mis pobres padres, mis queridos padres; o lo mirás de frente, como hice yo. De ahí, de esa decisión, de ese mirar de frente, viene este dinero que ahora es tuyo. Me parece importante que sepas eso primero.

Y antes de decirte dónde está oculto ese dinero, dejame adelantarte que no viene de esos hombres que vos siempre creíste. Viene de otros. Hombres y también mujeres. No viene tampoco del ejercicio de la prostitución encubierta de la que me acusaste un día, ¿te acordás? Moralinas no, ganas sí. Te lo digo a vos también. Como si no hubiese sido suficiente con las habladurías de este pueblo, un día, una noche más exactamente, me acusaste de prostitución encubierta, ¿te acordás? Qué pacata has sido siempre, Lucre querida. Yo volvía de viaje, uno de esos viajes que me hacía con alguno de mis amantes, de mis amores, de mis súbditos, de mis acompañantes, de mis operarios, volvía tarde porque algo nos había detenido, alguna minucia, alguna delicia, alguna cosa curiosa, alguna maravilla, volvía tarde y entusiasta, tarde y entretenida, y abrí la heladera antes de subir a acostarme, la heladera blanca, yo descalza sobre el piso de madera, el agua también helada y entonces, cuando tomé el primer trago, el agua helada en mi sistema, el vaso apoyado contra la frente, todos mis deliciosos rituales nocturnos, el frío del vaso en el entrecejo y mis ojos que se acostumbraban a la oscuridad para qué, para verte a vos, sentada en la mesa de la cocina, los brazos cruzados, los ojos brillosos de furia como solo los he visto en matronas y en despechados, los ojos brillosos como solo los he visto en gatos de cementerios, en bóvedas abandonadas, en burgueses satisfechos, así tus ojos agazapados detrás de los brazos cruzados, el pecho oprimido, así tus ojos mientras me acusabas. Lucre, Lucre. Por una vez en mi vida sentí el horror de lo que debe ser tener un marido, una aduana de control. Igual lo había sabido desde siempre, desde antes, sabés bien eso, Lucre, y sabés también que, como te dije ese día, para mí la única forma de prostitución encubierta es el matrimonio.

Y me parece importante también que sepas que, además de la plata, por encima de la plata, está esto. Lo que estás leyendo ahora, y lo que sigue, los otros archivos de esta Correspondencia. Un compilado incompleto, un rejunte de las cosas que he garabateado alguna vez. Porque sí nomás. O porque tal vez, sin saberlo, siempre quise que en algún momento las leyeras. Vos, seguramente, sabrás mejor que yo cómo nombrarlo. Ay, tu léxico de muchachita urbanizada y universitaria. Las panzadas de risa que me he dado sola después de nuestras conversaciones, cuando todavía me llamabas. No todas, tranquila. No siempre. Vos sabrás mejor cómo llamarlo, te decía, vos sabrás qué forma podría tener esto si alguna vez fuera uno de esos libros en los que vivís enfrascada cuando no estás en medio de alguno de los episodios de tu rutilante vida social. A mi rejunte, volviendo, le agregué algunas notas autobiográficas. Tiré la mayor parte, confieso, te copié solo algunos fragmentos. Cuadernos de infancia, le puse de título, para ver si la referencia literaria te seduce. No te ofusques. No estoy siendo irónica. Dale una leidita. Te va a ayudar a ampliar un poco el horizonte, incluso a entender mejor todo. O algo. De nuestra familia, digo, de los legados familiares. Por favor, tené en cuenta que lo hago solo para no ponerte en el lugar de la exégeta. Para evitar dejarte unos papeles desordenados y que vos tengas que ponerte a hilar, a sacar conclusiones, a dibujar cronogramas, a construir conjeturas. Sé que sos una chica muy ocupada, que siempre estás con grandes textos en tus manos, jamás te haría eso. Pero hay cosas que se asumen mejor si revisamos la historia familiar, lamento decirte. Y no solo en los sillones de diseño de tus psicoanalistas, Lucre.

Teneme paciencia. Dejame decirte. Si no hubieses venerado esas profecías mundanas que apenas lograban disimular sus protocolos serviles, si te hubieses dedicado más tiempo a hacer lo que tenías ganas, si te hubieses animado a saber en qué consistían esas ganas, hoy no tendrías ese cansancio, esa urgencia sin consuelo. Si no hubieses borrado de tu cabeza la palabra que me escribías en las piernas, en definitiva. Por eso celebro que la hayas recuperado. Para abrir estos archivos, y para lo que sigue. Sobre todo para lo que sigue.

No te impacientes, no te erices. Ya verás de qué se trata unas páginas más adelante. No te me pongas quisquillosa con tus cositas literarias, por favor, es lo único que te pido. Lo único no, también te pido que, así como te tomaste tu tiempo, tu valioso tiempo, para recordar esa palabra, nuestro código mágico oculto, tus letras en mis muslos, tu nombre de autora, tu seudónimo, te tomes tu tiempo para considerar bien esto que sigue, lo que te escribo, lo que te pido.

Aunque no sé si te lo pido: más bien te lo ofrezco.

Archivo II:
Cuadernos de infancia

Hay un par de jóvenes preciosos, vitales. Son mis padres. Ella, mi madre, nació en este pueblo, él vino de otro lugar cuyo nombre no me acuerdo. Se adoran. Yo apenas gateo pero ya lo percibo. Y me gusta. Me gusta la idea de haber aterrizado en una casa en la que la gente se quiere. Apenas gateo pero ya me han contado que tal cosa no es tan habitual. Que más bien es rarísima. Y a mí me gusta ser parte de esa rareza.

x

Vienen amigos de mis padres a veces. Muy seguido, en realidad. Vienen a la noche. Mis padres y sus amigos todavía pueden lidiar con eso de trabajar el día entero y seguir después con encuentros que duran hasta la madrugada. Toman vino, conversan. Muchas veces discuten. Dos de ellos, especialmente. Editan una revista o un diario. Acá mismo, en el pueblo. Discuten esos dos amigos y mi madre también. Fue ella la que los trajo al grupo. Por lo visto, el diario ese que publican se comenta mucho entre los panaderos. Mi madre es panadera. O no exactamente: es la hija del dueño de la panadería. La más grande, la más antigua del pueblo. Así dice mi abuelo, panzón y satisfecho, mientras yo gateo entre los frascos buscando dulces.

x

Mi padre trae cinco frutas y las deja en la heladera. Ese día, y creo que el siguiente también, las veo cada vez que abren la puerta: son frutas rojas, pulposas, brillantes. A la noche, después de comer, mis padres cortan una por la mitad y la van masticando lento, a veces con los ojos cerrados. No me ofrecen. Dan por sentado que a una criatura no le gustan las frutas.

x

Algunas personas con sombreros y vestidos muy aparatosos se suben a una tarima y hablan. En voz alta. Gesticulan y hablan. De una inundación, de los desastres que provocó, de las iniquidades que reveló. Por qué hablan así, ampulosos, le pregunto a mi padre. Es teatro, me responde. Lo que nunca me responde es qué gracia le ve a esa cháchara de desgraciados que se lamentan o, peor, de iluminados que pontifican. Odio el teatro, le digo, más bien ando diciendo, lo odio. Declaro una de mis convicciones más férreas y como toda respuesta recibo miradas condescendientes.

PAMPA. – ¿Qué has visto?

FLORINDA. – ¡Las aguas! ¡Ay! ¡La creciente! Ya está bordeando los médanos. Un salto más, y nos traga. ¡Cerrá la puerta! (*E intenta cerrarla ella.*)

PAMPA. – (*Se lo impide, enérgica.*) ¡No! ¡Dejá mirar! Dios pone el agua en la tierra como nosotros puertas a nuestros ranchos. Nosotros pa ver afuera; él pa ver adentro. Y si aura las desparrama en la pampa será pa que veamos lo que hay abajo….

FLORINDA. – El infierno es lo que habrá.

De *La inundación* (1917), Rodolfo González Pacheco

X

Hay un cuarto que a mí me gusta especialmente. Es el cuarto covacha. Abro la puerta y estoy, de pronto, en otro mundo. Las paredes no se ven porque están tapizadas de papeles y de libros y de revistas. Y, en el centro, hay una gran máquina negra. Una máquina con olor a metales, a químicos, que me marea y me encanta. Todos los amigos de mis padres se sientan frente a ella, y mi madre también. Yo me trepo por los costados hasta quedar sentada arriba, bien firme. Desde ahí veo los papeles y los libros desde otra perspectiva. Veo el mundo entero desde otra perspectiva. A veces pongo primera y arranco. Es un tanque de guerra.

Me escapo por la parte trasera del patio y me voy a jugar con los vecinos, los chicos esos recién llegados. Dos hermanitos. Rápidamente decido que el más grande será mi marido y el más chico, mi hijo. Vamos a jugar a la familia. Lo mando a mi marido a trabajar y me quedo con el más chiquito. Tengo que cuidarlo, tengo que protegerlo. Lo llevo a hacer pis todo el tiempo. Después, le digo que es la hora de comer y apoyo sus labios pulposos en mi pezón. Nos quedamos así un buen rato, como iluminados. A veces, el hermano mayor se aburre de su trabajo y nos interrumpe.

Hasta mi abuelo sale a manejar ese día, el primero de clase. Me pasan a buscar los dos, él y mi abuela, muy temprano. El auto todo empalagado con el perfume pringoso de ella, pero a mí no me importa. Me traen una bolsita con dulces, me dan recomendaciones para los recreos, me dicen que no tengo que prestarle atención a lo que dice mi padre. Mientras subo las escaleras empinadas de la entrada, me pregunto si será por eso que mamá me despertó ese día con el ánimo estrecho, como reticente. Ya se lo preguntaría al volver. Si es que todavía me acordaba. Porque ahí en la escuela todo me marea de felicidad. El aula, los compañeros de pupitre, el patio con césped. Amigos, otros amigos posibles además de los recién llegados. Y la simpatía de las maestras.

X

Viene mi abuela. Ella y mi madre cuchichean. Me escondo atrás de la puerta. Mirá cómo vivís, dice mi abuela. Todo el tiempo repite eso, como un estribillo. Mi madre no le contesta ni una sola vez. No sé con qué cara la mirará porque desde acá no alcanzo a verla. Me aburro y me voy, mi abuela es tremendamente insulsa. Al rato, cuando vuelvo a la cocina, queda todavía su perfume dulzón dando vueltas por el aire. Eso y unos billetes desperdigados arriba de la mesa. Mi madre me mira con cara de alarma y se los guarda en el bolsillo con urgencia, como si le quemaran.

X

Mi padre también percibe el perfume dulzón. En qué quedamos, le dice a mi madre. Ella habla de un tiempo que necesita, un tiempo para organizar las cosas. Y esgrime la necesidad de sociabilizar con gente de mi edad que yo tengo. Eso cómo lo reponemos, pregunta. Discuten. Como cuando vienen los amigos y fuman, pero distinto. Ahora flota en el aire un ácido, un gas químico. Mezclado con el perfume de mi abuela, forman una mezcla letal.

X

A veces, mi papá desaparece por días enteros. Se fue a trabajar al campo, dice mi mamá. Hay días en los que trabaja acá, en la ciudad, y hay otros en los que trabaja en el campo. Depende de quién lo contrate, depende de quién lo explote. A veces se va por otras cosas, por las reuniones con sus compañeros. Arma giras para hablarles a ellos y a todos los otros que trabajan. Por toda la provincia, por otras provincias también. Mi papá habla muy lindo, se sube a la tarima y dice cosas que ponen la piel de gallina. Tiene mucho para decirles a sus compañeros. Yo los envidio. Hoy estoy cansado de hablar, me dice, cada vez que vuelve de uno de esos viajes.

x

ROQUE. – En nuestros días se agudizan el pensamiento y la inteligencia, en la lucha por la vida, más no con el legítimo fin de mejoramiento social sino individual. Los pueblos duermen tranquilos ante el espejismo del progreso, se conforman con las más vagas apariencias, ¡ni siquiera sienten el deseo de palpar la realidad! Por eso viven tan a sus anchas los comediantes, mejor aun los ilusionistas. Pero ¡ay de ellos en la hora del despertar!

ÁNGEL. – La única parte innegable del progreso es la creación de la máquina, que va aliviando considerablemente al hombre de la pesada carga que lo agobiaba.

ROQUE. – Y a su estómago. La maquinaria es un factor importantísimo en la economía social, que podría llenar la elevadísima misión para la que fue creada si sus rendimientos no fueran, como van, a parar a manos de los menos. Pero por nuestra absurda organización social, lejos de liberar al productor de sus aplastantes cargas, se ha convertido en elemento de desequilibrio colectivo. Porque si una máquina produce en una hora lo que un hombre en diez, su rendimiento no se aprovecha en descargo de otros diez hombres, sino en provecho del propietario; y el obrero, su legítimo comandante, pues que es quien la creó a partir de sus adquisiciones experimentales a través de los siglos, se convierte en su esclavo. Y tal es su obra, que habiendo logrado un crecido superávit en la producción, hay quien se muere por inanición y hay quien agoniza de frío bajo una alcantarilla o en el quicio de una puerta. Y todo eso que el progreso bien entendido podría remediar en unas horas, se agrava enormemente a través de los años; hasta que los odios lleguen a tal extremo, que la tierra será un campo de Marte, y el apocalipsis evangélico una fantasía infantil al lado de la realidad.

De *La justicia* (1921),
Isidoro Aguirrebeña y Eugenio Navas

x

¡Libertad, Libertad! Escucho que grita mi madre, y sale corriendo por el pasillito que desemboca en la puerta de entrada. No me gusta verla correr, pienso. Se destartala. Vuelve a los pocos minutos, acompañada de una amiga, las dos casi del brazo, como si lo que tuvieran para decirse necesitara muchos otros canales. Te presento a Libertad, me dice mi madre, y se encierran en el cuarto covacha. Intento seguirlas pero me cierran la puerta en la cara. Me preocupa lo que estas dos puedan hacerle a mi tanque de guerra.

Vamos a la capital. Mi mamá y sus amigas adelante, atrás yo con los hijos de esas amigas. No les hablo, no me interesan. Clavo la vista en la ventanilla y me pongo a organizar juegos mentales con mis vecinos, los recién llegados, mis verdaderos amigos. Ahora que tengo tiempo, me propongo inventarle un trabajo específico al que actúa de padre. Trato de inspirarme en lo que veo cuando me llevan al teatro, a ver si esas horas de aburrimiento y frases altisonantes me sirven de algo. Me da pena darle un trabajo tan sacrificado, pero necesito que esté todo el día afuera de casa. Mi mamá, en el asiento de adelante, cuenta que estuvo toda la semana cocinando. Me las sé arreglar, dice. Comentan cosas con sus amigas. Alaban el auto en el que viajamos. Mi abuelo tiene dos, y mejores, pero mi madre no dice nada, alaba como sorprendida, como si nunca antes hubiese visto uno. Tampoco yo, entonces, digo nada. Miro por la ventanilla, intento contar los pastos secos pero no alcanzo porque vamos muy rápido. El juego me gusta, es una imposibilidad que me divierte. Una de las amigas de mi mamá se da vuelta y nos reparte unos bollitos tibios envueltos en servilletas de colores refulgentes. Vamos a ver a los presos, a llevarles comida a ellos también. Debíamos aprender nosotros, infantes, nos dice, que a los defensores del ideal se los apuntala siempre, como sea, porque en ellos encarnan y tienen esperanza de reivindicación los lamentos durante siglos estériles de los sudras, los ilotas, los siervos, los esclavos, los parias. Yo agarro el bollito y, con él, algo de esa manera de hablar que los amigos de mis padres me contagiaron con el tiempo, la misma que con tanto esfuerzo estoy evitando acá. Tanta vehemencia agota, me decía siempre una amiga a la que hoy extraño.

x

Viene otra vez a casa esa chica con su hermana. Mi madre les da clases en la cocina. Los griegos de Homero, los germanos de Tácito, dice mi madre. El feroz capitalismo manchesteriano. El precio de la sangre trabajadora. La hidra de la explotación. El ignominioso racismo. El apoyo mutuo. La emancipación nuestra. Cuando vienen esas chicas usa ese tipo de frases, las mismas que con sus amigos. Los padres de las chicas le pagan con billetes o con cosas. Yo prefiero los billetes.

x

De pronto, un día, una especie de manto negro se instala sobre nosotros. No grites, no salgas, no hables con nadie, me dicen mis padres. Ellos tampoco salen ni gritan. No habla mi mamá con esas frases preparadas, no habla mi papá en un estrado, no vienen los amigos a discutir, no vamos a ver teatro, no voy a la escuela. No veo a mis amigos recién llegados ni a los otros tampoco. Me entusiasma el plan de tener a mis padres todos para mí, pero por lo visto no es recíproco, porque ellos también están, como el resto del mundo, ausentes. Me contestan con monosílabos, como en automático, como si pensaran en otra cosa; escuchan la radio con la oreja pegada, me hacen señas de que me calle con la mano. A estos me los cambiaron, pienso, les hicieron un lavado de cerebro. Intento subir a mi tanque de guerra para ver cómo son las cosas desde ahí arriba, para ver si con esa perspectiva entiendo, pero la puerta está cerrada. Con llave. Los interiores de la casa de uno no se cierran nunca con llave, les digo, los increpo, y miran para otro lado. De la llave, nada. No se hablan mucho entre ellos, tampoco. Hasta que una noche sí. Más que hablar, discuten. Los escucho desde la cama, abrazada a mis dos muñecos favoritos. Son tus amigos los que están detrás de ese atentado, dice mi madre, con una voz que no es la de siempre, ni siquiera la de siempre al discutir, con un acento raro en la palabra *tus*.

X

Mis amigos los recién llegados me dicen que, por el atentado, su padre casi no estuvo en su casa en estos días, que lo tuvieron de acá para allá haciendo rastrillajes. Entonces el padre de ellos también trabaja haciendo tareas en el campo, como el mío. Pero no, no es así. Es policía, me dicen. Desde cuándo los policías usan el rastrillo, digo, pregunto después en mi casa. Mi mamá me mira como si me hubiese picado un alacrán. Qué más te dijeron, me pregunta, me zamarrea. Nada, no sé. Que el padre casi no estuvo en su casa en estos días, agrego. Mi mamá prende un cigarrillo, quiere saber si yo dije algo más. De qué, pregunto, algo más acerca de qué. Si no sé nada, si yo justamente quería averiguar algo. No los ves nunca más, dice mi madre, nunca más.

x

Hasta que un día vuelve mi padre al trabajo, y vuelven las chicas a tomar clases en nuestra cocina con los cuadernos. Las esperaba con ansias. En cuanto se sientan, en cuanto mi madre dice la sombra proteccionista del Estado, la tenacidad dogmática, la senda refractaria o alguna otra de sus frases, yo me escabullo hasta lo de mis vecinos. Cómo es eso de que los policías rastrillan, les pregunto. Me miran como si les hablara en ruso. No saben. Quieren ir a jugar. No pienso, me planto. Fueron ellos los que usaron la frase, tienen que saber. ¿A quién se le ocurre andar diciendo lo que no sabe? Algo, al menos, insisto, instigo. Hago un par de comentarios tentativos. Todo indica que realmente no saben nada. El atentado, digo, entonces, pronuncio como si yo misma tirara una bomba. Ah, cierto. Apenas una cosa que dijo su padre el otro día, mientras comían, se acuerda de pronto uno de ellos. Que esos indeseables se peleen entre ellos, así nos ahorran el trabajo. Así dijo su padre, hablando del atentado.

x

Indeseables. Les cuento a mis muñecos, les traigo la palabra como una ofrenda, como una evidencia.

Los indeseables son los que ahorran trabajo, deducimos. Nos gusta la nueva palabra. Nos gustan los indeseables. La próxima vez que mi papá vuelva destrozado de tanto deslomarse, le voy a decir que hable con los indeseables, que les pida que le enseñen a no trabajar tanto. Me lo guardo como un secreto dorado, una contraseña mágica que lo aliviará, la guardo días y noches, esperando que llegue el momento justo. Quiero hacerle una ofrenda a él también. Pero cuando llega el momento en el que la digo, la pronuncio, mi padre me mira como si fuera una aparición. No se lo ve nada aliviado. Quiere saber de dónde saqué esa palabra. No quiero delatar a mis amigos. De la escuela, digo. No me extraña, dice, y se va a buscar a mi madre. ¿En qué quedamos?, insiste. Dijimos que basta de ponzoña institucional, dijiste que esto se terminaba ya. Discuten hasta tarde. Parece que les preocupa algo en mi escuela. ¿Serán mis notas? Me duermo abrazada a mis muñecos. Les susurro indeseables en los oídos para que no escuchen la discusión. Indeseables, indeseables, indeseables, lo repito como un ruego, una plegaria para que se duerman sin miedo, para que nunca en sus vidas trabajen de más.

X

IDA. – ¿Por qué vas, pues, al trabajo?

MARINERO. – Porque el armador quiere que zarpemos hoy a todo trance…

IDA. – Pues espero que no irás.

MARINERO. – ¡Si fuese el amo!

IDA. – Es verdad… tú eres el esclavo… ¿Y por qué besas tus cadenas?

MARINERO. – (*Pensativo*). ¿Qué dices?

IDA. – Escúchame, extranjero; y ustedes, obrero, marinero, escúchenme… Mi lenguaje les parecerá extraño en boca de una mujer. No puedo explicarme de dónde procede esta voz que hoy habla por mi boca. Una canción misteriosa flota desde esta mañana en el ambiente. ¿Son acaso los dispersos suspiros de todos los muertos de hambre? ¿De los mineros sepultados en los pozos oscuros? ¿De los obreros destrozados por las máquinas o de los niños y de los viejos que el frío mató? ¿Acaso son de los soldados que el cuartel o el campo de batalla engulle? ¿Acaso este caso misterioso es el saludo de los trabajadores, enviado de un extremo a otro del mundo? ¿Es la ceniza de la esperanza que renace con las flores de mayo, o el rumor de las armas dirigidas contra esta resurrección del hombre? Yo no sé, no acierto a explicármelo, pero sí puedo decirles que, de la gran familia de los trabajadores, el que hoy falte al pacto de fraternidad es un cobarde.

De *Primero de Mayo* (1896), Pietro Gori

X

Mi papá vuelve de una de sus temporadas en las tareas del campo, una temporada bien larga. Aunque él no tenga ganas de hablar, me dispongo a contarle yo acerca de mis nuevos amigos, del pupitre, del patio con césped, de mis buenas notas. Pero no alcanzo a abrir la boca porque, en cuanto pisa la casa, empieza a revolear cosas por todos lados. Platos, zapatos, una de esas bolsas con papas que trajo del campo. Revoleados incluso hacia el techo, algo que nunca, ni siquiera al día de hoy en el que escribo este Cuaderno, dejará de admirarme. Con los años lo he probado más de una vez y solo he logrado agregar ridículo a una situación deplorable. Sin derivas, Vita. Por una vez, sin derivas. Nunca lo había visto llegar tan enérgico. Mi mamá con la vista fija en el borde de la mesa y la espalda recta, como si fuera una armadura, una forma de protegerse contra los platos y las papas y los zapatos y, sobre todo, contra las cosas que mi padre le dice. Acerca de ella, de mis abuelos. Acerca de mí. Contra mí, sí. Me corre un frío por la espalda. Mi padre querido, tan lindo, por qué. Por algo que le dijo alguien, pero quién. Mis amigos, mis muñecos, la maestra, quién. Contra la maestra también. Agente del Estado burgués, dice mi padre entre sus acusaciones, ya sin papas ni platos. Dejaste a nuestra hija en manos de esa lacra. De tus padres primero, del Estado después. Cómo podés después acusarme a mí, cómo podés. Es muy fácil montarte a un discurso extremo si estás dispuesta a hacer estas concesiones, eso también le dice. Habíamos quedado en que la ibas a sacar de ese antro. Con el tiempo también he llegado a reconstruir bastante de lo que le dijo ese día porque nada ni nadie podrá convencerme nunca de que no fue exactamente ahí cuando empezó su final, fue ahí y fue por mí. Pero no quiero irme de época ni de talante. Es muy fácil reunirse con las luminarias intelectuales que vienen de las capitales si todo queda en el armado de una revistita, seguía diciendo mi padre ese día. Es muy fácil ser una hija rebelde si estás dispuesta a mandar a tu propia hija al cadalso. Esto demuestra que, una vez burguesa, ya no podés pensar por fuera de ahí, dice al final, como en las obras de teatro que me hacían ver, y se va de un portazo. Me abrazo fuerte a mis muñecos. Les explico que hablaban de mí. Me hago la dramática pero reconozco que, a esa altura, yo ya había reemplazado el susto inicial por la emoción de tener tanto protagonismo en esa casa.

x

Esa misma noche, o alguna otra más adelante pero muy próxima, escucho un ruido. Parece un llanto camuflado, como con tos. Les pregunto a mis muñecos qué puede ser eso, pero no saben. Intento dormirme, pero no puedo. Tal vez alguien me necesita, pienso. No es lindo estar solo cuando vienen los ataques de llanto. Ni los de tos. No todo el mundo tiene la suerte de dormir rodeada de muñecos, como yo. Me levanto en puntas de pie. Esta vez no es mi madre la que está en la mesa de la cocina, la vista fija, sino mi padre. Pero él con la espalda no recta sino más bien curva, curva y nerviosa, como con espasmos. Es la tos que sale de él. Y el llanto, también. Como si estuviera a punto de doblegarlo, de cortarlo en pedazos. Me doy media vuelta y me voy corriendo a la cama. No duermo en toda la noche, esta vez yo con la vista fija clavada en el techo. Me contengo para no contarles a mis muñecos que los adultos también lloran: no creo que lo puedan resistir.

x

Al día siguiente me prohíben seguir yendo a la escuela. Pero mis amigos y los dulces y el patio, esgrimo yo, y lo único que escucho es un rechinar de mandíbulas. Me hace mal a los oídos.

x

Por suerte al poco tiempo vuelven los amigos de mi mamá a comer y a discutir hasta tarde. Van y vienen desde el cuarto covacha hasta la cocina. Llevan papeles, hacen planes, discuten cuál es el mejor título. Yo los dejo usar mi tanque de guerra. Ahí imprimen, dicen. Y me muestran una revista que no miro. Tengo otras revistas que no usurpan mi tanque, y prefiero esas. Doy vueltas a la mesa en la que se sientan a cenar y me como lo que van dejando en los platos.

x

Y un día hay un momento mágico. Mi madre dice él es Valerio, viene a conversar con vos acerca de las cosas que te interesan y también acerca de las que no sabés todavía que pueden interesarte. Podés llamarlo maestro, pero no lo asocies con nada de lo que te dijeron en la escuela, que ya es cosa del

42

pasado. Yo no sé por qué los adultos se enmarañan siempre en explicaciones. Eso le digo a Valerio en cuanto nos quedamos solos. Se ríe. Me contesta. Me cuenta lo difícil que es para algunos adultos relacionarse con niños. Es que yo no soy una niña, le aclaro. Se ríe otra vez. Apenas. Le digo que hace mucho que me aburro. Quiere saber por qué. Le hablo de los amigos que hubiese querido tener, pero que quedaron de rehenes en la escuela. Le hablo de los amigos de antes que ya no son lo mismo. Y del teatro. Detesto el teatro, le digo, y detesto que a mis padres no se les ocurra otra cosa para hacer. Con un susurro, como con miedo se lo digo. Valerio quiere saber por qué. Le contaré si antes me jura que nunca, por nada del mundo, se lo dirá. Se ponen tan felices mis padres con eso del teatro, les encanta, incluso a veces se suben al escenario y actúan. Mi madre, sobre todo. Valerio me interrumpe para levantarse de la silla y hacer una combinación extraña de pies y manos que, asegura, le agregan validez a su juramento de jamás revelarles nada. Nos reímos mucho, y entonces le cuento.

x

Un acto de justicia es, o una lección, me contesta Valerio cuando por fin me animo a preguntarle qué es un atentado. O las dos cosas a la vez, depende. Pero un atentado también puede ser un error, agrega, como en este caso, el que hubo en este pueblo. Finalmente, si las cosas se hacen en grupo o en solitario no deja de ser un tema secundario, murmura, como hablando para no sé quién. Los que están de acuerdo en cuestiones centrales no deberían nunca pelearse entre ellos, me dice después, como concluyendo, porque así se le da de comer al enemigo. Quién vendría a ser el enemigo, quiero saber. Lo veo titubear por primera vez desde que lo conozco. Se levanta, abre la heladera, y se sirve un vaso de agua. Mi madre, antes de cerrar la puerta de la cocina, siempre le dice que puede servirse lo que quiera, pero recién hoy Valerio parece acordarse del ofrecimiento. Toma agua, deja el vaso en la mesa, apoya los codos en cada una de las rodillas, las mandíbulas en las manos, y se queda mirando algún punto vacío. En definitiva, dice de pronto, esas son cuestiones que se analizan en las obras de teatro que vos tanto criticás. Me lo quiere decir como una enseñanza, me doy cuenta, pero yo lo escucho como un reproche, como una forma de cambiar de tema. ¿Que yo tanto critico? ¿Para eso le confesé lo que detesto el teatro? Lo odio, por primera vez desde que lo conozco, lo odio. No insisto, dejo de preguntar, cambio de tema yo también. Y después, a la noche, antes de dormirme, me imagino que voy con mi tanque de guerra y les paso por encima a todos, a Valerio, a los actores, al público, a los perros que buscan un pedazo de comida y, muy especialmente, a los enemigos a los que se les dio de comer.

ÁNGEL. – ¡Ah, ah! ¡Te capturé en el hecho! Leyendo, ¿eh?... ¡Me gusta! (*Larga en el umbral una bolsa a medio llenar de libros, con la que apenas podía, y avanza a ver qué leía el otro.*) ¿Qué leías?... (*Es un volumen lujoso.*) ¡No, hombre, no: chambonazo! (*Ríe de buena gana.*) Esto no es para vos. Esto es adorno, cachet, como la botellería de las boticas y de los almacenes: para vestir la vidriera... ¡Salí de ahí, salí! (*Tira el libro con desdén en cualquier parte.*)

TOMÁS. – ¡Cómo, salí?

ÁNGEL. – (*Sin oírle.*) Mirá, Tomás: lo bueno, que cure o te emborrache, que te remache a la tierra o te arrebate a las nubes, se te dará siempre en tarros, o en vasos que, por lo humildes, parezcan manos. Las bibliotecas son como las cantinas: al transeúnte se le sirve del estante y en pétalos cristalinos; al parroquiano, del sótano, y de la jarra al buche. La diferencia es la fruta en la planta a la de la fruta en frascos. ¿Comprendés?... Bueno: dejame a mí que te sirva. (*Va por la bolsa que aúpa hasta la mesa.*) A ver, ahora, ayudame. (*Lo dice por fórmula, pues el otro ni lo atiende ni él lo espera. Tomás pasea. El desata la bolsa y la vacía en la mesa.*) ¡Mirá, mirá qué redada! Hoy salí al rayar la aurora y no dirás que he perdido el tiempo. Esto es oro en escamas, plata en lingotes. Pejerreyes y dorados, como quien dice. ¡Esto es pescar, amigo!

TOMÁS. – ¿Pescar?... ¡Robar!... (*Severo.*) ¡Libros robados! Cuidado, ¿eh?... ¡En mi casa no quiero compromisos!

ÁNGEL. – Robar... Siempre feas palabras en tu boca. ¡Cómo se ve las lecturas que hacés! ¡Pch! Libros robados... Libros tomados, querrás decir; ¡tomados, como se toma el sol en invierno, la brisa en verano!

De *A contramano* (1927), Rodolfo González Pacheco

x

A Valerio se le ocurrió una idea que me gusta. Le perdono sus tonterías en un instante. Se le ocurrió después de la conversación del otro día, me dice. A partir de cada crítica que yo hago a cualquier obra de teatro, tanto las que él sugiere para leer en nuestras clases como las que me obligan a ver mis padres en alguna tarde soleada, él improvisa una serie de preguntas. Nunca para hacerme cambiar de idea, me explica, sino para que aprenda a argumentar mejor, a conocerme más. Yo lo dejo hablar y le digo sí, sí, como a los locos, embalada con la perspectiva de este plan de enseñanza que me permitirá desquitarme contra esos personajes quejosos, contra esas vidas mustias y honestas, paupérrimas, ejemplares, aburridísimas.

x

JUEZ. – Buenas tardes. Ha de ser poco grata mi presencia por aquí cuando la moza me dispara.

PIETRO. – Bona tarde.

JUEZ. – Y es natural que así sea porque traigo malas noticias. (*A Pietro.*) Don Pedro Lenossi queda notificado para que deje esta chacra dentro del término de diez días, que es cuando vence el arrendamiento. El señor García Castro, propietario de estas tierras y mandante en tal caso, podría haber evitado el trámite que me trae hasta aquí, según lo especifican las condiciones del contrato, pero como el encargado de la colonia ha renunciado a su puesto, se me ha confiado esta misión. Por las dudas lo he hecho por escrito; siempre es buena una constancia.

(*Le entrega un papel a Pietro que éste recibe.*) Así que ya sabe, ¿no? Prepare la linyera.

PIETRO. – (*Con sentida indignación, levantando el puño en alto y estrujando el papel.*) Ecco, la recompensa a sei año de trabaco haciendo producir este campo que lo incontré lleno de abroco, yuyi e vizcache: a forza de puño e de suodro, con il sacrificio mío e de mi familia, decando todo lo día en el surco un pedazo de vita, ho sacao de esta tierra el mejor trigo de la colonia […].

JUEZ. – Todo eso se lo cuenta al señor García Castro. Yo no hago más que cumplir un mandato y creo que lo hago con toda corrección, complaciéndome que haya un testigo tan… autorizado que puede constatar que el juez no ha cometido ningún atropello, ¿no?

ALFREDO. – El testigo al que usted se refiere está constatando el atropello más inicuo que pueda hacerse contra un hombre honrado. Su sola presencia y el gesto despectivo con que usted sazona esta infamia, como si la saboreara con fruición, más que un atropello, es un escarnio.

De *Madre tierra* (1920), Alejandro Berruti

X

Se aprende mucho de lo que uno detesta, me dice Valerio un día, hablando de su método, y por primera vez desde que lo conozco me toca la cabeza como un saludo, antes de irse. No me lavo el pelo en días, en semanas.

X

Otras veces leemos otros libros. Unos en los que hay chicos que viajan y aprenden y comprueban de qué tipo de inequidades está hecho el mundo. Antonio Valdés y Pablo Moller se llaman. Se escriben cartas en las que despotrican contra las diferencias de clase en los ferrocarriles, contra la discriminación racial, contra los negociados que encuentran ahí donde solo debería haber derechos. Tienen tanta razón que me aburren. Dejo pasar sus mensajes y me concentro en las resonancias de una carta. Planeo tener un novio solo para escribirle cartas.

X

El otro personaje de mis libros que también viaja es Floreal, y viaja gracias a que antes logra rebelarse contra lo que sus padres y su pueblo natal tienen pensado para él. Su historia, me dice Valerio, subraya lo importante que es para los niños definir su ideal y su deseo por fuera de los contextos condicionantes. Floreal se va a París, no es ningún tonto. Ahí conoce a Karakoff y a Ana Norosoff, emigrados rusos. Junto con la lucha ácrata, desarrolla una especial atracción por los apellidos terminados en doble efe. Otras veces, como en el caso de Nono, los viajes no son por las rutas que podemos encontrar en cualquier mapa, sino entre dimensiones simbólicas y antagónicas que, en ese libro, se llaman Autonomía y Argirocracia. Esta última es el reino del dinero, o el reino de los ricos, y por ende está plagada de las espinas homicidas con las que llenan el mundo los privilegiados y los tiranos. Así dice el texto. Para qué me dan de leer eso a mí, les digo a mis muñecos a la noche, cuando saben que detesto viajar y que adoro el dinero.

X

PEPA. – (*Cantando "Hijos del Pueblo" mientras limpia los muebles con un plumero.*) "Hijos del pueblo te oprimen cadenas". Ya lo creo que las oprimen. ¡Uf!... Y a nadie más que a nosotras, las hijas del pueblo que servimos... ¡Qué barbaridad! Imagínense ustedes, ahora limpiando los muebles... no tienen ni pizca de polvo, pero hay que limpiarlos, o hacer la parada de que se limpian, mientras no lloran los chicos. Porque en cuanto comienzan a berrear... Felizmente duermen. Oh, esos muchachos. Todo el santo día molestando. Mamá, mamá. ¡Yo quiero pis! Mamá, la nena me ha pegado, yo quiero ir a la puerta... Mamá, esto; mamá, el otro; mamá lo de más allá... Ustedes creerán que la mamá se desvive por atenderlos... ¡Pues no señor! Maldito el caso que les hace.... Que Totó quiere pis, pues ya está la patrona a gritos: ¡Pepa! ¡Pepa! ¡El servicio para el nene! Y por el estilo: ¡Pepa, calienta leche! ¡Pepa, llévalos a la puerta! ¡Pepa!... Y Pepa arriba, y Pepa abajo... Todo tiene que hacerlo Pepa... la indispensable Pepa... Terrible cosa... no bien amanece, de pie y a vestir a los niños; unos muñecos los más madrugadores y después a darles el té con leche; y más tarde a lavar los pañales del menorcito, una monada de criatura que no hace más que ensuciarse... y a tender las camas, y a servir la mesa, y a lavar el servicio... y no bien han concluido todas esas tareas, vuelta con los niños; a bañarlos, a sacarlos

49

a paseo, a... ¡Oh! ¡Qué sofocación, señores, qué sofocación!... Y menos mal cuando todos estos trajines no van acompañados de rezongos y gritos de la patrona... ¡Es lo que más rabia me da! Bebé, por corretear por la vereda, se rompe las narices. Pues la culpa la tiene Pepa, una descuidada, una bandida, una canalla. Miren que dejar caer a la pobre criatura... ¡Qué infamia! Porque los niños no se caen nunca si no es por descuido de las mucamas... Y como esto, todos los rezongos... menos mal, cuando la patrona no amanece de mal humor... ¡que sabe agarrar unas lunas!... ¡Ay! Vale más no acordarse de ello. Y por ese trabajo, con malos ratos y todo, me pagan, señores, cuatro pesos al mes, con comida, es claro... mejor dicho, con sobras.

De *Puertas adentro* (1910), Florencio Sánchez

x

Pasa un tiempo y de pronto, un día, están por las calles, por los sindicatos, por las veladas, están por todos lados. Los policías. Con sus machetes y sus armas de fuego. Ya no es tan fácil cumplir con la regla de evitarlos que mi madre me inculcó. Aparecen en cada rincón, como una plaga. Buscan nombres, buscan papeles. Entran en los bares, en los depósitos, en las oficinas del correo. Nombres, quieren nombres. Mi madre y sus amigas dejan de ir a visitar a los presos por miedo a que un día las dejen presas a ellas también. Así es, así se pone todo cuando creíamos haber recuperado una vida como la de antes, así cuando la mala calaña se expande.

Pero no me quiero ir de época ni de talante. Para entonces yo estoy a punto de cumplir diez, y todavía me divierto explorando territorios en mi tanque de guerra. Es en uno de esos días que mis padres vuelven a cerrar con doble llave el cuarto covacha y me prohíben entrar. Y no solo eso. También me hacen jurar que, pase lo que pase, jamás tengo que decir que ahí adentro hay una máquina como la que tenemos. Ni nada. Ni eso ni nada. No tengo que decir nada de lo que pasa ahí en casa. Ni en otro lado tampoco. Al novio que tengo desde hace meses no lo puedo ver más, a mis nuevas amigas tampoco. A las clases de declamación por ahora mejor tampoco. Por ahora. Mis padres van cerrando la serie de prohibiciones con esas dos palabras, como quien gana tiempo con una muletilla, tiempo para pensar. Por ahora.

X

En esta otra temporada de plaga policial vivo prácticamente como una rehén. Apenas veo a Valerio, que se arriesga a seguir viniendo para darme sus clases, para escuchar mis opiniones a partir de nuevas obras de teatro. Pero la verdad es que a mí ya ha pasado a aburrirme ese juego. Estoy empezando a entender que ese mundo de adultos que me rodea es bastante acotado, bastante previsible. No hay nada que me interese, y lo que escucho por la radio me termina cansando pronto. Leo, dibujo. Escribo unos poemas irreproducibles y unos diarios banales.

Valerio insiste en que se los lea, en que los lleve a nuestras clases, pero a mí ya no me interesan sus comentarios y preguntas como antes. Se me agolpan solas las preguntas y las explicaciones en mi cabeza, no necesito que él venga a interrumpirlas con otras. Y escribo cartas también. Le escribo cartas inspiradísimas a mi novio y las guardo para dárselas en mano, en cuanto me liberen de esta cuarentena. He escuchado decir que los policías que andan patrullando ahí afuera se fijan quién recibe correo de quién y que, si la correspondencia no es de la persona para ellos adecuada, te persiguen, te capturan, te queman las cartas. No les voy a dar el gusto. En mano le voy a dar mis cartas a mi novio hermoso. En mano, con besos, muchos. Y se las voy a leer en voz alta.

x

CANILLITA. – (*Corriendo.*) ¡Diario cuarta!... ¡Revolución en Montevideo!... (*Acercándose a Pichín.*) ¿Diario?... (*Al reconocerlo hace un gesto de desagrado, retrocede un paso, escupe despreciativamente en el suelo y echa a correr.*) ¡Diario cuarta!... ¡Revolución en Montevideo!

PESQUISA. – (*Deteniéndolo por un brazo.*) ¡Che!... ¡Vení pacá!...

CANILLITA. – (*Ofreciéndole un ejemplar.*) ¿Diario, señor?... ¿Eh?... ¿Por qué me agarra?... ¡Compre, si quiere, y déjese de embromar! ¡Qué también!... (*Forcejea.*)

PICHÍN. – ¡No lo dejés ir, che!

CANILLITA. – ¡Soltame, gran perra!... ¡Cajetilla del diablo! ¿Por qué me agarrás? (*Tironea.*)

PESQUISA. – (*Impacientándose.*) ¡Eh, vamos, mocoso!

PICHÍN. – ¡Llevalo no más a la comisaría, que ahora voy a hacer la exposición!

De *Canillita* (1902), Florencio Sánchez

x

Una tarde me aburro tanto que lo dejo a Valerio solo. Me voy a preparar una torta, le digo. Me doy vuelta y paso un buen rato en la mesada mezclando ingredientes, inventando combinaciones. Me abstraigo. Tal vez por eso no me doy cuenta del momento exacto en el que Valerio sale de la cocina. Buscaba esos diarios tuyos, me dice, cuando le sigo el rastro para que vea la torta que comeremos en un rato y lo encuentro hurgando entre mis papeles. Encendida, pienso que le encantan las cosas que yo escribo.

x

No mucho después de eso hay una noche. Muy oscura, petrificante. Valerio se queda conversando hasta tarde con mi padre en la cocina. Conversando no es la palabra. No sé realmente cuál es la palabra. No lo supe entonces ni tampoco lo sé hoy, porque hay grados de abyección impronunciables, cosas que solo imaginé en la más hidrópica burguesía. Pero no me quiero ir de época ni de talante. Esa noche escucho todo desde el otro lado de la puerta, como tantas otras veces, escucho y tomo notas. Como si fuera una periodista, o una encargada en un juzgado. Porque algún día esa información me va a parecer importante, intuyo ahí, agazapada detrás de la puerta. Porque no quiero olvidarme de nada. Porque no quiero contárselo a nadie, pero tampoco callármelo. Porque es increíble, porque es atroz. Porque no puedo terminar de perdonarme haberme enamorado un poco de él. Mi maestro, supuestamente. Un buchón, un traidor. Así le dice mi padre en esa conversación. Y, si bien del otro lado de la puerta no alcanzo a verle el cuerpo, juraría que su espalda no está arqueada como estaba el día ese del llanto sino más bien desplegada, alerta, una espalda amenazante como las alas de un cóndor, como mi tanque de guerra cuando le doy la orden de avanzar.

X

Al día siguiente mi padre dice que le salió un trabajo en el norte, en las plantaciones de azúcar. Que tiene que tomarlo porque, si las cosas siguen así, no saben de qué vamos a vivir. Mi mamá asiente, como si ya lo hubiesen consensuado antes. En una sola noche parece haber envejecido años. Nunca, ni cuando estaba por morir, a los ochenta largos, la vi tan vieja como ese día. Nunca tampoco después de ese día volvimos a ver a mi padre, ni ella ni yo. Accidente de trabajo, nos dijeron.

Archivo III: La idea

Mis padres. Mis pobres padres. Me haría un par de brazos artificiales para acunarlos con más fuerza. A mí me tocó ver, que no quiero decir padecer porque ese no es verbo que conjugue conmigo, cómo apostaron en vano sus vidas íntegras para que el trabajo fuera el punto de concientización que haría cambiar el mundo, a mí me tocó volvernos cada vez más pobres, cada vez más parecidos a esos miserables que aparecían en sus obras de teatro favoritas, cada vez más relegados, cada vez más sojuzgados y perseguidos por los cretinos de siempre, cada vez más débiles, cada vez más solos. Pero no te preocupes, Lucrecia, me salteé esos capítulos en mis Cuadernos de infancia, como habrás visto, y también me los saltearé en lo que resta de esta Correspondencia. Más de una vez, quiero decirte, estuve tentada de contarte todo esto o parte de todo esto en alguna de nuestras conversaciones, pero algo siempre me llevaba a postergarlo. Y después, cuando te fuiste a estudiar, cuando ya tus padres también se fueron del pueblo, cuando venías cada vez menos, la posibilidad se fue diluyendo sola. Pero algo me indica que ya no puedo postergarlo más. Por eso, ahora, esta carta, este rejunte. Y este dinero. Y este experimento. Esta instigación a que cambies carrera por causa, adhesión esmerada por resistencia crítica.

Rabia. Lo que preponderaba en mi vida cuando se me ocurrió el plan era rabia. En el origen de mi dinero, entonces, hay rabia. Mucha. Muchísima. Me pasaba el día trabajando en una escribanía. De secretaria. Lo que significaba tipear algunos informes tediosos y, sobre todo, esquivar intentos de seducción de los alacranes que me rodeaban, que los había adentro de la oficina y también entre los clientes, esos chacareros bien avenidos de panza llena y orgullo chato, esos infectos. Ni siquiera el hecho de que yo ya estaba en mis cuarentas parecía disuadirlos. Hacía más de diez años que soportaba esa oficina, ese trabajo que me había conseguido mi abuelo. Lo único que me dejó, además de unas migajas miserables. Salteó a mi madre, cosa que no le costó mucho gracias a sus amigos precisamente escribanos y abogados y políticos, me dejó unas propinas a mí, y después repartió el resto entre sus hermanos, hermanos que se encargaran de propagar el nombre y la sangre como quien coloniza, como quien somete, hermanos que para vos son unos desconocidos en la prehistoria y, afortunadamente, unos desconocidos para mí también. Ni un peso, entonces, resumiendo. Lo que era grave, porque desde que tuve uso de razón había extirpado de mis perspectivas, como sabés bien, el casamiento. Es increíble comprobar con el tiempo hasta qué punto algunas de las preceptivas de mis padres y de sus amigos hicieron huella en mí. Ahora, más cerca de la muerte, o mejor dicho ya en la muerte para cuando leas este archivo, puedo reconocerlo. Y puedo reconocer también que en el origen del dinero, de este dinero que ahora es tuyo, mis padres también fueron una inspiración central. Mis padres y una película. Una de la que vos debés saberlo todo, año de estreno y director y nombre de la actriz, un clásico tan extendido en el imaginario popular que ni debés mencionar, amnésicamente snob como siempre fuiste. En la película esa, entonces, que yo vi acá en el cine del centro cuando todavía existía, que vi un día en el que salí de la oficina con ganas de prenderla fuego, de prenderla fuego con todos esos cangrejos adentro, con todos esos papeles que no hacían, que no hacen más que reafirmar un orden atroz, un sistema plagado de eufemismos, de pactos injustos, de agujeros negros, de atrocidades, de robos y de sangre, un sistema al que yo aportaba tipeando frases con mis dedos secos, mis dedos que estaban a punto de tener una crisis artrósica nunca vista a esa edad, una crisis que me hubiese hecho viajar por congresos de kinesiólogos y terapeutas del mundo, las manos inutilizadas en unas vitrinas para que las eminencias las estudien mejor, para que se devanen los sesos sin nunca ser capaces de llegar al verdadero diagnóstico de artrosis por rabia, porque de eso se trataba, de entumecimiento por rabia, de ir quedándome seca de rabia por las injusticias y por las ganancias ilegítimas de los reptiles, con el perdón de los reptiles, de esos crápulas mejor digo, esa runfla babosa a la que yo no podía seguir viendo ni un solo día más, y entonces justo en esos días, te contaba, me metí en el cine del pueblo como quien mete la nuca debajo de un chorro de agua helada, como quien se tapa la cabeza con todas las mantas, y me encontré con esta película. La de la chica que se roba la plata de la oficina de su jefe y se va manejando a toda velocidad. Esa, sí. Imagino tu mirada condescendiente. Ahórratela, por favor. Qué entusiasmo en mi cuerpo, en mis manos, eso es lo que importa. Y qué rabia, qué rabia también ahí en mi butaca porque ella, que había tenido esa idea tan buena, terminara tan mal, la pobre, acuchillada en esa bañera. Al principio casi, como te acordarás. Ni tiempo le dieron de disfrutar su acto de justicia, de arrojo, su ajuste de cuentas. Ni tiempo tuvo de seguir por las rutas manejando ese cochecito que avanzaba como un bólido celestial, con ella feliz y justa y rica ahí adentro. Cómo la quise en ese instante, cómo la querré siempre. Un flechazo. Un alma gemela en medio de tanta crueldad indiferente. Y matármela así enseguida, qué aberración, qué bajeza. Otra vez la rabia. Me la acuerdo intacta. Salir del cine atravesada por la furia. Caminar de noche por el pueblo. Caminar de noche y sentir la mirada reconfortada de los matrimonios en sus paseos soporíferos, mi figura distrayéndolos por un instante de su vanagloria por el auto nuevo. Caminar de noche y sentir la mirada de los gavilanes merodeadores que nunca, pero nunca me podrían tocar un pelo porque jamás entre mis amantes hubo alguien a quien no hubiese fichado yo primero. Caminar de noche y sentir las miradas detrás de las cortinas, el aburrimiento y la envidia armando un cóctel que exhumaba su pestilencia por las hendijas. Mugres. Basta de cucarachaje, basta de todo. Ni en el cine se podía confiar. Qué rabia esa noche, qué rabia. Me fui a buscar a uno de mis amantes. Después a otro. Después a otra. Y así sucesivamente. Nadie ni nada era capaz de entenderme ni de consolarme. Nada ni nadie, siempre es una opción, sabelo. Y, en el medio, caminaba. De una punta a la otra del pueblo. No sé cuántas horas estuve así, cuántos días. La idea me agarró así, caminando. La idea inspirada en mis padres, en sus acciones directas. ¿Te suenan? Participaron en muchas de ellas, incluso las organizaron. Todos boicots de poca monta, ninguna espectacularidad ni mucho menos muertes de por medio. No que yo haya sabido, al menos. En ellas, en esas acciones directas, también me inspiré. La idea se me apareció clara, radiante, tal como siempre aparecen las ideas salvadoras. La plata de esos reptiles babosos que daban vueltas por la oficina de mi jefe tenía que ser mía. O algo de esa plata. Bastante, lo suficiente para no tener que verles la cara nunca más, ni a ellos ni a ninguna otra forma de escoria. La idea apareció como un chiste, una fantasía, el argumento para una obra de teatro que por fin no fuera una variación al llanto de los desposeídos. Increíble cómo terminó ayudándome el teatro que tanto detesté de chica, en eso tuvo razón Valerio. Las vueltas de la vida. No fui dramaturga, como mi padre quería, pero con estas Acciones fui directora de escena. Ya verás.

Me costó varios insomnios diseñar la estrategia. Porque una cosa es una idea y otra su puesta en práctica. Pero fui paciente. Algo se me tenía que ocurrir. Me quedaba dormida sobre el teclado tratando de pensar cómo, me quedaba con la vista borrosa mientras servía los cafés y escuchaba las risotadas lascivas en la oficina, me quedaba en blanco cuando la enfermera me pasaba el parte del estado vegetativo de mi madre, me quedaba muda si alguien venía a visitarme, me quedaba quieta si alguien me pasaba al lado, me quedaba absorta frente a cualquier perro que cruzara la calle justo. Estaba totalmente tomada, como en trance. Nunca me había pasado antes, nunca me pasó después. Un estado como de conexión con otras esferas. Suena lindo decirlo, pero no lo era. Empezaba a recibir reclamos y recriminaciones en todas partes, cuando no amenazas. Es increíble hasta qué punto, aun teniendo una ocupación olvidable, el mundo nos reclama, nos pide rendiciones de cuentas, nos exige que nos inclinemos ante la más mínima minucia. De eso también necesitaba liberarme. De la pobreza y de ese reclamo del mundo, de las dos cosas. Tenía que encontrar la manera como fuera. Leía todo lo que podía para inspirarme. Relatos policiales, esos que mis padres me prohibían en la adolescencia porque, decían, solo reforzaban las leyes del sistema. Y libros de la biblioteca de mis padres también. Y revistas, muchas. Periódicos y panfletos. Colecciones enteras que todavía están por ahí, en algún rincón. Hacete un tiempito extra para donarlas como corresponde,

Lucre. Un favor menor que te pido. Pero nada. Interesantísimas lecturas, pero de un plan nada. Descartadas algunas maniobras por parecerme cosas de matones, movimientos que la policía local no tardaría en descubrir, no se me ocurría nada. Y el insomnio seguía, junto con la pobreza y el asco y las mañanas en la oficina y las tardes en el cuartito de hospital en el que mi madre agonizaba y la vida que se estaba volviendo una pesadilla, lo más alejado de la vida que te puedas imaginar. Estaba por claudicar cuando un día, en una de esas caminatas que te contaba, se me ocurrió que en realidad no tenía que seguir buscando diseños de estrategias en ningún lado sino, simplemente, echar mano de lo que tuviera más cerca. Y lo que tenía más cerca, lo que he tenido más cerca en los balbuceos iniciales y en estos tipeos finales de mi vida, han sido unas irremediables ganas de hacer lo que se me da la gana, si me disculpás la redundancia. Hasta el momento en el que la falta de dinero me llevó a languidecer en ese trabajo impío, hacer lo que tenía ganas había sido para mí del orden de lo irremediable, aun cuando me trajese muchos problemas. Mis padres, que desde chica veían ahí mi renuencia a sumarme a su causa revolucionaria, llamaban a ese rasgo mío hedonismo constitutivo. Así, con adjetivo, lo decían siempre ellos, como si fuera una manera de culpar a la genética, una afrenta a sus convicciones que había estado fuera de sus posibilidades enmendar. Pero se equivocaban. Mis ganas fueron siempre mi forma de repeler el orden establecido, mi resistencia frente a los fines tanáticos que yacen en el fondo de tantos proyectos venerados por las buenas conciencias y las malas intenciones, que suelen venir juntas. Mis ganas, además, siempre supieron proyectar felicidad en otras personas, por ende puedo afirmar que fueron generadoras de valor social. Que quede claro antes de seguir. En aquellos tiempos, entonces, decía, yo escuchaba azorada las cosas que me contaban mis amigas y mis amigos, mis compañeros de trabajo, yo escuchaba a los reptiles que pasaban por la oficina, a sus esposas y a sus hijos, y veía que a cada quien había algo que le quitaba el sueño más que ninguna otra cosa, que los amores, que las posesiones, que el prestigio, que las placas conmemorativas, que las hectáreas, que los puestos honorarios, que las carreras rutilantes. Y veía también cómo para perseguir esos sueños iban sepultando sus ganas, las más cotidianas. Precisamente ahí estaba la clave, me dije. Se trataba, simplemente, de revivir en otros esas ganas que, en ese proceso de domesticación que llaman adultez, habían enterrado quién sabe en qué hueco de su memoria. Acá estoy hablando de ganas en un nivel muy superficial, que se entienda. Nada de indagar en profundidades que excedieran los límites de una operación comercial. Porque se trataba de revivir esas ganas a cambio de dinero, claro. Nada es gratis en este mundo cruel. Después de aquella caminata iluminadora, mentí en la oficina una gripe contagiosa que no me costó mucho simular y me encerré una semana en casa para planear la forma de poner en marcha mi idea salvadora. Guiada por esa clave, garabateaba cosas en una página, un poco como hago ahora con esta carta, y salía a caminar de noche, cuando ya se me caía encima el techo de mi casa de entonces, una mísera pocilga a la que apenas le entraba el aire, la última allá en un corredor. A la semana, yo estaba destruida, al borde mismo de la inanición, pero el diseño de mi plan estaba prístino y claro, refulgente.

A partir de entonces, simulando un frenesí por ordenar papeles, me dediqué a hurgar entre las fichas de la escribanía los patrimonios y descendencias de los principales clientes y, con eso, armé un buen listado de primeros rehenes. Llamémosles así, de alguna manera lo han sido. Asegurarme de que pudieran pagarme las cifras que yo necesitaba era el punto primero y crucial. En ese inicio hubo una etapa contable, digamos. Me las arreglé bien para copiar montos y datos que iba encontrando en ficheros, libretas, protocolos notariales, biblioratos ocultos, incluso en alguna conversación escuchada al pasar. Mi jefe estaba feliz, exultante con esta nueva actitud en la que solo podía ver mi agradecimiento por esa oportunidad de trabajo que él me daba y demás sandeces. Después hubo otra etapa en la cual me dediqué al rastreo de movimientos. Llegué a pasar meses escudriñando a un futuro rehén para adivinar dónde estaban esas ganas que lo definían, incluso a su pesar. Las comprobaciones fueron devastadoras, barrieron la poca fe que me quedaba en la humanidad, pero ese es otro tema. Sintetizaré diciendo que lo que podrían haber sido ganas, lo que podría haber sido la expansión vital que yo entendía por tal cosa, era reemplazado en la vida de estos burgueses por una condensación de lugares comunes. Sus gustos los llamaban, afectos como son a la minimización y el infantilismo. Gustos les daría, entonces, si es que eso alimentaba mis arcas y, eventualmente, mis ganas. Los lineamientos de mi plan no se me perdieron de vista jamás. Y funcionó. De maravillas. Actué desde el principio con alguien, no me pidas detalles ahora. Ni nunca. Una amiga, hasta ahí puedo decirte. Juntas nos encargábamos de montar la escena de las ganas del rehén en cuestión, con su escenografía, su guion, sus actores secundarios, su banda de sonido, su vestuario. Montábamos la escena, y empujábamos a nuestros rehenes a actuar en el rol de actores y actrices principales. A partir de eso, pagaban una extorsión de por vida. Hacían esa cosa que les gustaba durante una semana, un mes, un día, un par de horas, un año, más años, lo que fuera según el pacto, y lo pagaban para siempre. Literalmente. De otra manera, quedaba claro, contaríamos a los cuatro vientos cuáles eran sus gustos, revelaríamos lo que sus propias lógicas pacatas y productivistas consideraban puntos débiles. La vida es cruel, nosotras lo fuimos también. Aunque, puedo asegurarte, no hubo quien no estuviera agradecido por haber sido convocado a nuestras Acciones, agradecidos al punto de la devoción. Fue muy curioso lo que pasó, lo que pasaba. Una vez montada la primera escena en la cual se veían haciendo eso que tenían ganas, era tal la atracción que les provocaba la posibilidad que le dábamos de volver a hacerlo que eran ellos los que venían a nosotros. Nos perseguían, nos veneraban. Confieso, Lucre, que transformar en cómplice a un rehén es algo que yo solo he visto como logro del capitalismo más sofisticado, nunca pensé que dos mujeres de provincia íbamos a lograr algo parecido.

Y podría decirte ahora, acá, con quién llevé adelante las Acciones durante todos estos años, pero prefiero que siga siendo un secreto. O un sobrentendido. Prefiero que lo adivines. Y que no hagas absolutamente nada al respecto. Grandes amigas reales tuve pocas, y vos las conociste a las cinco. Una de ellas fue mi cómplice, mi socia. Solo un favor, insisto: no salgas a terminar de comprobar cuál. No te me vengas a hacer la Miss Marple en estas pampas, por favor. Hay descendientes directos en su caso, no armemos lío. La idea de convocarte fue de ella, confieso, y no es un dato menor teniendo en cuenta que gran parte de ese dinero enterrado, todo el que no pudo blanquear, es suyo. Yo había pensado en otra persona. Espero que sepas disculparme también eso. Pero mi cómplice argumentó tan bien a tu favor, desde chica te quiso tanto. Y ahora, que acaba de morir, creo que lo mejor será hacerle caso. Queda todo para vos, Lucre. A cambio de una sola cosa que a esta altura ya te debe haber quedado bien clara. Estoy hablando de una renuncia emancipatoria, no de una renuncia hedonista. Disculpas si suena muy pomposo. Es lo único que te pido. No te enfurezcas ni te rías. No me acuses de vieja culposa ni delirante. Aunque reconozco que algo de eso hay. No en lo de culposa, mucho menos en lo de delirante, sino en lo de vieja. Con la muerte de mi aliada, de mi gran amiga, por primera vez me di cuenta de que no soy eterna. A esta edad, sí. Recién. No te rías, insisto. Dame unas líneas. Un par, nada más. Y una cosa fundamental, mientras, para que sepas: muerta mi cómplice principal, los rehenes, los pocos que quedan, y los poquísimos que quedarán cuando yo haya muerto también, quedan a la vez liberados de sus pagos. Fue una parte importante de nuestro pacto, lo saben perfectamente. Nadie puede perseguirte ya. Lo más prosaico ya está hecho. Vos ahora podrás dedicarte a dejar atrás la fantasía nociva del rendimiento. Quién sabe, tal vez encuentres también la forma de expandir un modo de vida más dichoso entre otras personas, incluso grupos, incluso sociedades. Tenés todo para hacerlo. Y trabajás en el sistema educativo, debería resultarte fácil, hasta tentador. Aunque, claro, no sé si esa universidad para privilegiados en la que estás cataloga como sistema educativo. Pero no me quiero ir por las ramas una vez más. Tenés eso, y tenés un cansancio existencial que se acrecienta cada día. Es así. No sigas negándolo. No tires esta carta, Lucre, no pegues un portazo. Dame unas líneas, un par nada más. Pensalo bien. Tomate tu tiempo. Tenés plata y, por ende, tenés tiempo. Y tenés esta hermosa casa que quedará exclusivamente para vos, esta casa con su jardín frondoso. Y precisamente en ese jardín frondoso, tomá especial nota, está la plata real, esta de la que te vengo hablando, no esas migajas que te dejé en el banco. Enterrada en un lugar que conocés bien. El rincón que elegíamos para hacernos los pícnics, ahí. Bajo tierra. Traete a ese novio tuyo y decile que te ayude. O a quien quieras. Un solo recaudo: que no sea de este pueblo. Que sea de confianza va de suyo, no tengo que recordártelo, pero por favor que no sea de este pueblo. No empieces a rescatar viejas amistades de provincia justo para eso. Guardalas para el trago de la tarde. Ahora tomate un rato, descansá, date una vuelta. Y, mientras lo vas pensando, podés darle una hojeada a los retratos de nuestros rehenes que en estos años fui escribiendo, al puñado de páginas que haré sobrevivir en realidad, porque tengo planeado quemar esta misma noche sus pasajes más comprometedores, que vienen a ser todos. O casi todos. Así se lo prometí a mi cómplice, que me lo pidió encarecidamente a pesar del tiempo y de la concentración que ella puso en esas mismas páginas para corregirlas, para alivianarlas, para quitarles todo rastro de lo que llamaba mis lapsos de vehemencia. Toma de rehenes le puse de título. Cuando lo leas seguramente creerás que estoy exagerando, desvariando. Desvariando jamás, sabelo. Exagerando, sí. Imaginando, también. Tergiversando, ídem. Pensá nada más que por un segundo en el aburrimiento de leer las cosas tal cual fueron, los detalles de lugar y hora, las frases dichas como testimonio para sede judicial, los contratiempos, las horas muertas, los pequeños berrinches y las minucias de nuestros rehenes. Imaginate el listado de pretensiones de la vulgar burguesía, las respuestas previsibles, la contención, los problemas de imagen. Nada que yo quiera transcribir, mucho menos dar a leer. Prefiero exagerar, Lucre, prefiero imaginar.

Archivo IV: Toma de rehenes

Andrés RN

Cuando Andrés RN era adolescente viajó a las cataratas del Iguazú y a un parque nacional en la Cordillera. Desde entonces, se considera explorador. Así lo dice en sus escasos raptos confesionales en público, y así nos lo contó a nosotras con lujo de detalles y fechas. Y así le gusta sentirse, aunque en su fachada exterior parezca un atildado hombre de negocios. Por eso acumula campos. A su familia le dice que lo hace por el futuro de la familia, a sus amigos del gobierno les dice que lo hace para afianzar el poder de los amigos en el gobierno, a sus otros amigos no les dice nada porque ya casi no le quedan otros amigos, a sus amantes que lo hace para tenerlas más aseguradas y felices, pero él para sus adentros sabe que en realidad acumula territorios para tener un territorio en el cual perderse, como les pasa a los verdaderos exploradores. Lo vio en muchas películas, también en un par de documentales. Cómo sobrevivir con lo justo, cómo ganarles a las inclemencias, cómo mantener la cordura, cómo no darse por vencido. Va y lo hace nomás, porque sabe que está internamente preparado. Le dice a un peón que lo arrime hasta cierto punto y desde ahí, ya cuando el sol va poniéndose, arranca. Va con una cantimplora de agua y con botas altas para protegerse de las alimañas. Y con un cuchillo. Nada más. Camina hasta agotarse, y después sigue. Cuanto más agotado, mejor. Las botas le pesan pero no importa. Atraviesa la noche. Duerme a la intemperie. Sueña con los pumas que jamás lo atacan. Se despierta sobresaltado, como si hubiese sobrevivido después de haberse visto arrinconado en la curva de una hondonada. La vida es sueño, ya se sabe, y entonces Andrés RN, que es un gran defensor de la literalidad, da por sentado que esas cosas le pasan. Pero no alcanza. Andrés RN estuvo exultante desde el primer minuto en el que aparecimos en su camino, porque nos encargamos de hacerle creer que sí. Entrenamos pumas y jabalíes para que se le cruzaran por el camino, adiestramos arañas y serpientes para que lo sorprendieran en medio de sus fugaces momentos de descanso. Contratamos a un ayudante de cacerías para que le fuera soltando los animales desde una van oculta por un follaje, tal como vimos en unos dibujos animados que no nos perdíamos por nada. Desde esa misma van camuflada lo fuimos filmando. Contratamos para eso a un cineasta desempleado, los hay a millones, y cuanto mejores artistas más desempleados aun. Tuvimos las mejores tomas de Andrés caminando de noche, alerta; las mejores tomas de Andrés de día, soportando el sol con la mirada hacia el cielo, con algo de mártir en su expresión y las ropas cada vez más raídas. Saturamos las reminiscencias bíblicas. Contratamos a una fotógrafa de la naturaleza para que hiciera foto fija de los arbustos en los que, de vez en cuando, Andrés encuentra algún fruto para comer. No importa si no hay relación alguna entre el fruto y la planta, eso nadie lo percibe. Y siempre en su expresión ese miedo de que esté envenenado, de que se trate de una falsa salvación, aunque él sepa internamente que tomará el riesgo igual porque, cuando la desesperación aprieta, es de valientes dejar que las defensas se distiendan. Así le gusta asegurar a Andrés RN. Después, retocamos maquillaje para que en la salida del tercer día el rostro diera mucho más flaco, más demacrado. Y en el quinto incorporamos raspones en las sienes, en los brazos. En setenta y dos horas se ve atravesar a Andrés RN una experiencia de supervivencia que haría temblar al mismísimo Shackleton. Se ve larguísima, eterna. Y todo eso con una banda de música impresionante: convocamos a los ingenieros de sonido más talentosos para que subrayaran hasta el paroxismo el elemento dramático. Hay escenas de lucha con animales, hay vadeos de ríos en contra de la corriente, hay ruidos extraños en las sombras. No falta nada. Encuentro con indígenas, quizás, pero Andrés RN no quiere que en sus exploraciones nada ni nadie le recuerde conflictos con los que litiga en su oficina y en la de sus abogados día a día. Y, además, Andrés RN no quiere que ningún otro ser humano le robe protagonismo en su saga.

Silvina M

A Silvina M le gusta practicar el inglés británico que aprendió en sus años en el internado. Ante la más mínima oportunidad, ahí deja caer la palabra justa pronunciada a la perfección. O lo que ella, que tanto sabe y tanto ha visto, piensa que es la perfección. Pero las oportunidades solo se le dan en las cenas que organiza para su marido, uno de los tantos integrantes de la honorable Sociedad Rural, es decir que se le dan poco, porque los muchachones, de tan briosos que son, prefieren siempre juntarse solo entre muchachones. Los brutos alrededor no entienden nada, se queja Silvina. Solo les interesa hablar de razas vacunas y de dinero y de apuestas. Y Silvina es uno de esos espíritus sublimes, iluminados, atenta solo a la cualidad poética de las cosas. Las monjas en el internado se lo decían ya. La entrenaron en esto de estar siempre borboteando desde las alturas para que, ante la más mínima oportunidad, se le caiga la palabra justa, la frase bella. En inglés británico, por supuesto. Pero estaba este problema de que Silvina M es una de esas bellezas que el marido varea primero como un trofeo, más tarde como una prevención, y en ninguno de los dos casos hace falta hablar, con lo cual se quedaba siempre con las ganas. Hasta que aparecimos en su vida. La escuchamos durante tardes enteras. La grabé, la grabamos. Le demostramos nuestra admiración frente a cada una de sus sentencias poéticas plagadas de citas sajonas. Se las hicimos repetir. Le pedimos detalles, explicaciones, rimas, etimologías, ejemplos, contraejemplos. Navegamos en un continuo explayarse que era nuevo para ella. Compusimos canciones en las que Silvina cantaba estribillos en un British que hubiese hecho temblar a la mismísima Reina Victoria. Alteramos sonidos de películas clásicas para que fuera la voz de Silvina la que se escuchara en vez de la de Vivien Leigh o la de Joan Fontaine o la de Jean Simmons, entre tantas otras. Organizamos recitales en los que ella hacía el coro con una peluca tan larga y tan roja que nadie hubiese reconocido ahí a la mismísima pupila de monjas merodeadoras. Ofrecimos un servicio de grabación de mensajes telefónicos en perfecto inglés gracias al cual nos contrataron de hoteles, aerolíneas, laboratorios médicos y convenciones internacionales. Nos llamaron de productoras de cine para hacer doblajes de las tiras y las películas más rimbombantes del momento, siempre con la voz de Silvina como protagonista. More/More/More, nos pedía ella ahuecando la o, deglutiéndola, armando una caverna adentro de su boca.

Doctor Astúriz

Al Doctor Astúriz, llamémosle así, le gusta que lo llamen doctor, pero lo que más le gusta, lo que le cambia el signo del día, es que lo reconozcan cuando entra a un lugar. Sobre todo si los que lo reconocen son personas a la cual él no ha visto jamás o, si las ha visto, no se acuerda ni el nombre. Eso de que lo saluden desconocidos le da una confirmación de la extensión de su prestigio, le da a su gran nombre una medida indiscutible, como de agrimensor. Si esos reconocientes, digamos, que no veo por qué solo los académicos pueden acuñarse sus neologismos, se acercan a saludarlo, él responde con una bonhomía extrema y paciente, casi como si fuera una estatua grandiosa a la que van a llevarle flores, a rendirle homenaje. Esboza una media sonrisa, prodiga alguna palmada en casos especialísimos, hace un gesto leve con la mano que muy remotamente se parece a un saludo. El mundo está en orden, él puede volver a sus asuntos en paz. Pero lo que le gusta a un punto tal que lo arrebola, lo inquieta, le corta el aire, es el hecho de que alguien no solo lo reconozca cuando entra a un lugar sino que, de tanto respeto que le tiene, de tanta admiración, ese alguien no ose acercársele a saludarlo ni ose hacer gesto alguno y que, en cambio, quede a merced solo de los gestos nerviosos, involuntarios. Que se le tambalee la taza que tenía en la mano si es que el Doctor Astúriz entra a un café, por ejemplo, o que baje la vista como encandilado si justo se lo cruza en la calle, que incluso se tropiece si es por la calle, o que se le corte la voz si justo estaba en una frase de largo aliento, o que se le caigan las cosas que llevaba en la mano si justo se lo encuentra en el supermercado. Aunque, claro, Astúriz nunca va al supermercado. O nunca iba, mejor dicho. Porque lo cierto es que, una vez convertido en nuestro rehén, nos encargamos de prodigarle escenas de reconocimiento en los lugares para él más inesperados. No solo lo hicimos ir al supermercado, sino también al taller mecánico, a la sala de guardia del hospital público zonal, al comedor de la villa, a la tintorería, a las riñas de gallos clandestinas. Hasta amaestramos un gallo para que se quedara paralizado al verlo llegar y entonces, en ese instante, quedara también a merced de su contrincante, entregado, épico entre plumas flotantes, realizado porque se llevaba en sus retinas y en su alma aviar al Doctor como última imagen de este mundo, o incluso como imagen de la Divinidad a cuyos brazos se dirigía. Lo del gallo nos demandó un esfuerzo especialmente arduo, hay que reconocer. Tuvimos que contratar adiestradores y estilistas. Con el resto de los extras el tema fue más sencillo en todo sentido. Le pedíamos a alguien que, en cuanto viera llegar al Doctor Astúriz, hiciera un gesto de sorpresa, de admiración contenida, de turbación y, por solo ese instante, le pagábamos la consumición que tuviera entre manos o alguna otra a futuro. La única que se puso un poco más exigente y nos demandó billetes fue la secretaria en un consultorio de dentista, pero hay que reconocer que su manera de ponerse colorada de un segundo para otro sin dejar de hacer los crucigramas o de limarse la uña era un prodigio, un control absoluto, nunca he visto a nadie que, estando inmóvil, impasible, tenga ese tipo de dominio sobre la circulación de su propia sangre.

Sebastián Z

Pulmonía, gripe, infarto, dermatitis, cáncer, síndrome de Sjögren, síndrome de afecto pseudobulbar, fabry, alzhéimer, hepatitis, miastenia, párkinson, lumbalgia, esclerosis múltiple, gota, resfrío, reuma, artritis, lupus. A Sebastián Z le fascina hablar de sus enfermedades, de las que tiene y de las que puede llegar a tener. Donde sea, con quien sea. Se rodea de seres que van cayendo vencidos por sus descripciones. No importa cuánto escuche, mucho menos cuánto entienda o sufra su interlocutor. Así lo testimonian sus hermanas, así sus compañeros de colegio. Invicto. Y cada vez más sano. Supimos buscarle a Sebastián las audiencias más resistentes. Muy. Y, más de una vez, hasta formadas. Interlocutores que podían seguirle el juego con respuestas rápidas y precisas, hipótesis de soluciones o, esto sí que nos salía caro, complicaciones muy verosímiles derivadas de la enfermedad que Sebastián Z estuviera justo describiendo. A veces esos interlocutores venían del mundo médico, otras del farmacéutico, otras veces eran algunos de esos buenos actores y actrices que todavía quedan en esta ciudad. Se lo cruzaban en una esquina, saludaban como distraídos, como dispuestos a seguir camino pero nunca lográndolo, cautivos por la recitación acompasada de males como quedaban. Infalible el potencial descriptivo de Sebastián Z. He visto a personas de lo más saludables, personas incluso preparadas física y emocionalmente para cumplir con su papel, empezar a palidecer, a transpirar, a palidecer todavía más y finalmente a mirar de reojo para calcular bien dónde caerían al momento de desmayarse. Otras veces, en vez de la calle y su bien calculada espontaneidad, lo paseamos por ámbitos especialmente propicios. Una sala de guardia, un geriátrico. Sebastián Z gesticulaba exultante, impertérrito frente a un suero que dejaba de gotear, frente a un corazón que dejaba de latir para siempre. Han tenido que llamar a emergencias más de una vez. Y entonces, ahí, cuando se llegaba a ese límite, nosotros lo sacábamos camuflado como a uno de esos boxeadores que hay que llevar a la esquina porque la cosa se está poniendo muy espesa aunque la adrenalina no permita registrarlo. En otros momentos cúlmines, le preparamos excursiones a la naturaleza. Siempre hay alguien respirando aire fresco en el paisaje que, a pesar de eso, reclama ser abordado. Los hubo de a cientos, de a miles. El summum fue una salida de pesca. Alguien hacía de guía en un lago perfecto, de aguas límpidas y tenues y, en esa escenografía natural, a cielo abierto, apenas se escuchaba el sonido de los pájaros y la voz de Sebastián Z describiendo el funcionamiento de su esófago azuzado por ese brillo acuoso alrededor, instigado por el vaivén del bote, arrullado por las montañas que le hacían de campana sonora. Los peces que iban apareciendo eran interpelados también: con ellos, por eso de las branquias, a Sebastián Z se le daba por hablar especialmente de afecciones respiratorias.

Mónica W

Obreros de la construcción, peones, mineros, empleados en la estación de servicio: a Mónica W le gusta que la desee el pueblo trabajador. Dicho así. Si es un vago o un señorito que anda por la calle, aunque tenga los músculos bien torneados y el andar elástico, ni lo mira. El sudor del trabajo corporal le gusta, ese sabor ácido. Su propio trabajo en el Municipio la favorece para encontrar a sus presas: Mónica W anduvo acá y allá, en puestos de lo más aburridos, hasta que logró erigirse en Inspectora general. Lo de general lo agregó ella en cuanto obtuvo el puesto: sabía que ahí estaba su coartada. Hoy puede estar evaluando el estado de las cosas en la construcción de una carretera, mañana en un viaducto, pasado en un campo de los alrededores. Su precaución fue exagerada, convengamos, porque en la aceitada burocracia de provincias nadie está para pedirle explicaciones a nadie, y mucho menos a Mónica W, que ha pasado a ser una funcionaria en las más altas esferas. Hasta chofer tiene. Pero él no le interesa: demasiada proximidad, demasiado perfume. Y demasiado solo. Para ella lo mejor son los grupos, los compañeros que se ríen en la pausa del mediodía. Ahí, en ese instante, a ella le gusta pasar y escuchar cómo las risas se interrumpen, el interés en el asadito crepitante también. La están mirando, están calculando cómo acercársele, cómo morderle la yugular al compañero con el que hace un minuto se reían, quebrando la camaradería que creían tener solo por ella. Pero no será necesario que lleguen a esos extremos, porque Mónica W pasará con su paso firme y los dejará pringosos en su estela. Que ni sueñen con acercársele. Porque la gracia, el gusto, para ella, está justamente en ese pasar de largo. Ser como un cometa que se acerca a la Tierra, que tiene a todos en vilo, y que justo cuando está por llegar, cuando su presencia casi se palpa, casi se teme, hace un desvío, cambia de ruta, les recuerda a todos en el planeta y adonde sea que hay algo más interesante, más atractivo, y que en pos de eso más interesante y atractivo Mónica W sigue su curso. Porque lo que está en ese pasar de largo suyo no es el pudor ni la abstención, ni siquiera el engrandecimiento de la fantasía, sino el más rotundo deseo de humillar, de recordarle a quien sea, el pueblo trabajador más precisamente, que podría haber sido pero resulta que justo hay algo, alguien, que torció el rumbo de las cosas, que lo volvió imposible. Tanto en las calles de estas pampas como en las anchas avenidas del mundo, a Mónica le gusta la alegoría de orden social. Que la deseen sí, que lo logren jamás, resumiendo. A esta conclusión llegamos nosotras después de escucharla mucho, de tomar café quemado en su oficina, de acompañarla a la peluquería, a la manicura, de seguirla por las calles y por los campos a unos pasos de lejos, siempre a unos pasos de lejos. Una vez que nos quedó claro su perfil, su gusto, llamamos a una coreógrafa. Una mujer increíble que vive en París, yo conocí bien a su madre. Le recordamos la importancia del lema de Mónica W. Que la deseen sí, que lo logren jamás. Esta coreógrafa hizo maravillas. Bailarines disfrazados de obreros y peones se entrecruzaron en movimientos jamás vistos. Acróbatas que se inmiscuían en el grupo para descollar y, en ese gesto, demostrar aun más pasión admirativa. Algunos saltaban desde una viga, otros desde camiones en movimiento. Llamamos también a una cantante de ópera y le agregamos letra. Recorrió todo el repertorio clásico y de vanguardia en busca de estribillos que alabaran la fuerza esplendorosa de lo imposible, que reforzaran la idea de la justicia divina que se esconde detrás. Montábamos esos números en las canteras, en las salinas, en las obras en construcción, en las rutas en reparación, en los acueductos, en los yacimientos petroleros, y ahí iba la Inspectora general, con los cabellos al viento, regodeándose en lo que su impronta inalcanzable venía a subrayar. Que deseen sí, que lo logren jamás.

Madre Superiora Eulalia

La actitud de su hija ha cambiado mucho últimamente, le ruego que pase por mi oficina cuanto antes. Pronto puede ser tarde, suele enfatizar cuando nota cierta escucha distraída. La Madre Superiora Eulalia se embarca en las paradojas más avezadas con tal de lograr lo que le gusta, que no son, como alguna vez ha escuchado decir por ahí a esos infames que osan desacreditarla, esas niñas ruidosas que estudian en el colegio incólume que ella dirige, esas niñas distraídas que prefieren un chocolate a cualquier otra cosa, sino más bien las madres de esas niñas ruidosas y distraídas. Pero tampoco todas las madres, a ella que no le vengan con chiruzadas. Desde su ventana en el primer piso, la Madre Superiora escudriña bien cuando van, en el horario de fin de clases, a buscar a esas malcriadas que tienen como hijas. Se encargó de elegir unas cortinas que habilitan una gran nitidez a la vez que, desde afuera, no dejan percibir ni el paso de una sombra. Y, para cuando todo eso no alcanza, tiene sus binoculares. Bien escondidos en el primer cajón. Y perfumados. A Eulalia le gusta ir sintiendo ya esos aromas a perfume que intuye, más bien que recuerda, en esas madres pululantes. El perfume es uno de sus requisitos. Las camionetas caras son otro. Madre que está a punto de bajar de su cochecito desvencijado ya no entra en el ángulo de su binocular. Nada de ojerosas resecas por un trabajo mal pago, que apenas alcanza para cubrir la cuota de su colegio impoluto. A ella que le traigan esas madres que vienen descansadas porque durmieron hasta tarde o porque durmieron la siesta, o por las dos cosas a la vez. Y que vienen manejando con sus plataformas o, mejor, con sus tacos en punta. Madres que se esmeraron en vestirse para ir a buscar a sus hijas. A la Madre Superiora, nos ha dicho, y nos ha mirado un poco condescendientemente al decirlo, me acuerdo, le gustan esas madres por la razón más obvia, por las pieles humectadas y los cuerpos trabajados, pero sobre todo le gustan por el candor, por la candidez que se adivina detrás de todos esos cuidados, y por lo divinamente fáciles de quebrar que entonces son. Un solo comentario acerca de sus hijas y Eulalia ve cómo el cuerpo fibroso se contrae, los labios también, el taco pierde el equilibrio. Qué fragilidad tan deliciosa. Se ve obligada a consolarlas. Se levanta mansamente de su escritorio y les rodea los hombros, les acaricia el pelo, frota todo lo que puede, graba, graba debajo de la sotana para después entregarse a sus sesiones masturbatorias todavía con ese recuerdo literalmente impreso en la piel, con los perfumes adosados, los rastros de maquillaje también. La Madre Superiora Eulalia ha pasado una gran temporada de educadora religiosa, desde que llegó a este pueblo, manejándose así, pero en el último tiempo las cosas empezaron a tensarse. Alguien advirtió lo evidente: dado que las madres ojerosas no eran convocadas nunca a su despacho, las estudiantes que más problemas presentaban resultaban ser hijas de magistrados y de chacareros prósperos y demás personajes notables y eso, ya sabemos que en colegio religioso o privado, ya sea de pueblo o de gran metrópoli, no se tolera por demasiado tiempo. Eulalia estaba a punto de entrar en un cono de sospecha intolerable, la de estar favoreciendo a los hijos de los menos pudientes, la de revolucionaria subversiva, y estaba a punto de entrar, como efecto, en una escasez de madres perfumadas, por eso creo que, en nuestra larga historia, ha habido pocos rehenes con un espíritu tan colaborativo como el de ella. Realmente estaba a punto de ser señalada públicamente como sospechosa por los poderosos locales justo cuando nosotros le abrimos el panorama. Y cómo. Contratamos modelos, actrices y prostitutas, todas con el perfil favorito de Eulalia. Más o menos rubias, más o menos morochas, más o menos flacas o gordas, pero todas rutilantes en su rol de madre dedicada, seguras de su lugar en la sociedad, tuercas para manejar con tacos y, en el fondo, aburridísimas, expectantes. Les alquilamos camionetas también rutilantes y les dimos indicaciones muy claras para que se bajaran ahí, bien en la mira del primer piso, buscando con la mirada a las hijas postizas que también contratamos. Y les dimos también indicaciones de que, en vez de quedarse paradas durante la espera, se pusieran a caminar entre las otras madres como en una pasarela, algo que las modelos, con ese andar entre decidido y descuidado, resolvieron especialmente bien. Ese agregado enloqueció a la Madre Superiora. Y hubo otro que también: reemplazamos sus binoculares de cazadores de poca monta por un telescopio profesional. Eulalia le decía a quien preguntara que el telescopio era para mirar los eclipses. Nadie objetó porque los medios dedican siempre notas centrales a hablar de los eclipses, con lo cual la costumbre de mirarlos ha pasado a ser vista como lo normal en las expectativas de la doxa. Solamente un obispo que justo andaba de paso se preguntó si la Madre Superiora no estaría por casualidad interesándose en la astrología y algún otro sacrilegio pero nadie le prestó demasiada atención.

Desde un jardín

Frío en los tobillos. Tal como le pasaba cuando era chica y venía a quedarse en esta casa. Nunca entendió, tampoco ahora. Podía estar abrigada, la casa calefaccionada, pero igual sentía una ráfaga helada a la altura de los tobillos. Una bocanada de otro mundo, una demarcación de algo desconocido para mantenerse siempre alerta. Se había olvidado ya. Va hasta el cuarto de Vita. Abre la puerta estirando el brazo, como protegiéndose de un gato que había quedado encerrado y que ahora, liberado al fin, saltará sobre su cuello, en un paradójico acto de recibimiento. Busca algo que le corte ese frío, algunas calzas, algunas medias desechadas. Nada. Cajones vacíos. Se pregunta si su tía le habrá dejado otra carta a alguien más, alguien encargado de vaciar todo en cuanto ella muriera. Es capaz. Siempre sin rastros, siempre tan afecta a ocultar su cotidianeidad. A ocultar no, querida, a minimizar, casi la escucha. La cama está intacta, como si no se hubiese muerto ahí. Definitivamente, alguien pasó a ordenar todo. Se imagina a Vita en su agonía, doblada de dolor pero igual mandoneando, planeando, y por primera vez siente algo parecido a la pena. Más bien al remordimiento.

Por qué no se hizo un tiempo para venir a verla. El trabajo que no para, la casa nueva, la vida misma. Y además se enteró tarde de la enfermedad. O eso prefiere pensar. Su mamá se lo dijo al pasar, y ella lo dejó ahí, un ítem más en esa lista. Su padre no la mencionó nunca en sus últimos años, ni una vez. Qué será lo que lo había ofendido tanto. Tu padre siempre tuvo mucho miedo, Lucre. Es nada más que eso, miedo. Lo único que alguna vez Vita le comentó al respecto. Se acerca a la cama. De a poco, con reticencia. Estira la mano y la pasa por encima de esos quillangos de guanaco que a su tía le gustaba coleccionar. Apilar, querida, coleccionar jamás. Desde la yema de los dedos le sube una corriente eléctrica. Abre el quillango, saca la almohada despacio, arrastrándola y agradeciendo, mientras, que no aparezca ahí abajo nada, ni el camisón de seda ni el pañuelo arrugado ni el vibrador ni una foto ni otra carta. Pone la almohada al costado de la cama con mucho cuidado, como si temiese que pueda cobrar vida o desintegrarse en cualquier momento. Se mete bajo la capa de quillangos y cierra los ojos para ver si así, de una vez por todas, se le va ese frío de los tobillos. Qué vieja de mierda. Recién ahí, cuando apoya la nuca en el colchón, puede pensar claramente lo que viene dándole vueltas desde ayer, desde que leyó esa carta. Qué vieja de mierda.

—

La oficina (I)

Me comentó Mateo hace un rato, sí. Dejá, lo resolvemos nosotros. En un par de horas te lo mandamos.

A la gente de Diseño, sí

—

Y otra cosa, Mariano, aunque suene cursi. Gracias por la charla de esta mañana. Todo esto que me retiene acá fue muy inesperado. Me alegra mucho que lo hayas entendido. Le escribo a Julieta de Recursos Humanos ya mismo

—

Lucrecia, me parece que no estás entendiendo. Lo necesitamos con foto. Una buena foto, que impacte. Esa tapa a un solo color ya fue. Salgamos de esa cosa tan parroquial, por favor. Urgente. Te debe haber dicho ya Mateo que lo necesitamos urgente

—

¿Parroquial? ¿Te parece? Tenía entendido que le poníamos esa tapa al Manual por un tema de coherencia de política comunicacional. Que no nos vean como una universidad de elite. Etcétera, etcétera. Vos lo sabés mejor que yo, Mariano, no hace falta que lo repita. Y perdón por el audio

—

La filantropía como ética. Jornadas intensivas. ¿Queda así? ¿No le agregamos nada más?

—

Como director del Programa de Emprendedores, quiero contarles que desde este Programa apoyamos y desarrollamos el espíritu emprendedor que hay en cada una de las personas, sin importar su especialización. Creemos que, se trate de un emprendimiento casero o de una gran organización, aquellos destinados a estar a cargo deben saber lidiar con el vértigo que cada inversión supone, con las adversidades que cada día propone. Y, sobre todo, deben animarse a volar, a crear. Reconocer y expandir el gen emprendedor en todos y cada uno es nuestra especialidad. Acercate. No importa de dónde vengas.

—

Queda así. No le agreguen nada más, no

—

Estoy en el auto ahora, Lucre, no tengo tiempo. Me toca buscar a las chicas en el jardín hoy. Buscate una buena foto de tapa para esta tarde. Mañana a más tardar. Ya sé que estás justo en unos días complicados, pero vos podés. Una foto que impacte

—

Hola Julieta, ¿cómo estás? Me dijo Mariano que ya te comentó que tuve que viajar de urgencia por la muerte de un familiar. Hoy temprano hablé con él y me autorizó a tomarme lo que queda de esta semana como parte de mis vacaciones acumuladas. Seguramente durante el día te escribe. Quisiera saber si tengo que hacer algo yo al respecto, algo en ese trámite. Hace tanto que no me tomo vacaciones que ya no me acuerdo de cómo era. ¿Me decís? En lo posible hoy, así me organizo. Abrazo, Lucrecia

—

No puede salir con esa camisa así
Esto es una universidad, no una publicidad de desodorante!!!
No sé, fijate vos
Desde acá imposible
Resolvelo

—

No voy a estar para la torta sorpresa, pero te mando la guita para el regalo
Decime bien cuánto es y te transfiero
Una tía, el velorio
Ya te contaré

—

Diplomatura en Business Intelligence. Falta ese título, dice. Y el de Dirección de personas también. Justo en el perfil del Director del Departamento, qué bajón. Le dije que ya no llegábamos a tiempo

—

Pero si ella misma aprobó la versión última del staff de profesores
Que no joda

—

Te paso unas fotos de la biblioteca. Decime cuál te gusta más. Para mí va la primera

—

Si hay algo que no extraño de ahí son los platos del día
Puajjjjj
A esta hora vas a almorzar???

—

Conversaciones

Tenés voz de dormido. ¿Ya, tan temprano? Ah, mirá. Malísimo. Tomate uno de mis ibuprofenos, están en los estantes del baño. Los de abajo. Creo. Pero ¿tenés fiebre también o no? Mejor, bien. Dale, sí. Te dormís temprano ahora y mañana te despertás perfecto, vas a ver. Llevátela a Trote a la cama. Como si hiciera falta una amenaza de gripe. ¿Y cómo está? Sí, tal cual, tal cual. ¿Y el parque, qué onda? A la tardecita es mejor, sí. Ah, qué bien, ¿cuál? Excelente, sí, sobre todo por lo que logra hacer con el policial. Sí, sí, sí, esa escena es increíble. Obvio que lo había visto antes de subirse al auto. Algo de código de tribu, de gente fuera de la ley. Es muy elegante la mirada sobre los outlaws, ¿viste? Está bárbaro, sí. Pero para mí no hay como *El samurái*. Igual pará, escuchame, no te bajes todo el ciclo solo, mirá que hay varias que yo no vi. Me costó un montón conseguirlo. Acá todo bien, sí. Un poco raro. Intenso, tal cual, por eso no te pude llamar antes. No puedo creer que llegué hace dos días, no te das una idea de todo lo que hice. Las reuniones con el tipo este, con el abogado, los trámites en la escribanía, en el banco, en la obra social. Qué quilombo esto de morirse, por favor. Y encima al mediodía cierra todo, pase lo que pase. Ahora ya estoy más instalada, igual. Acá, en lo de mi tía, claro, ya tengo la llave. No, ahí estuve la primera noche nada más. No voy a estar gastando noches de hotel en General Pico, rico. Igual te reíste, hacete cargo. Es raro volver después de tanto tiempo, te digo, muy raro. No sé bien, estaba tratando de acordarme ayer. Desde que tenía quince, creo. Como mucho dieciséis, diecisiete. Casi veinte años sin pisar este lugar. Es mucho, una vida. No, mis viejos más, mucho más. No sé, no me acuerdo. Sí me acuerdo que cuando yo volvía sola a visitarla a Vita se armaba quilombo. Mi papá, sobre todo. No, no, se pelearon. Mal. Armaron un culebrón, pero nunca me enteré bien por qué. Justo antes de que nos fuéramos de acá, cuando yo era chica. ¿No te lo había contado? Es largo, otro día, y además, de verdad, no tengo ni idea de lo jugoso, solo me acuerdo de partes sueltas. Lo que sí está claro es que mi padre cerró su oficina acá por esa pelea. Eso siempre se lo achacaron a Vita. Tener que irnos de acá por su culpa. Algo así, no me acuerdo bien. Ahora estoy muerta. Me doy una ducha y voy a ver qué me cocino. Arroz tiene que haber, algo. Me traje una bolsita de almendras igual, por si no encuentro nada. Es un poco creepy, te diré. Qué sé yo. Todo. Ir ahora a bañarme en su ducha, meterme en su cama, no sé. La idea de recorrer los cuartos ya sin sol me pone un poco nerviosa. Y además afuera es una boca de lobo, no hay ni una luz. Por los árboles debe ser. La casa está rodeada, sí. Un verde intenso que a esta hora se vuelve negro. Alucinante, sí, pero de tranquilizador nada. Hoy voy a dormir acá en este sillón, me parece. En su escritorio. No, está bien. No hacía falta. Para nada. Ya vendremos con tiempo los dos. No sé, qué sé yo. Ahora estoy tratando de que me caiga la ficha, bastante tengo con eso, y el domingo ya tengo que estar allá de vuelta. Sí, era tal como el tipo me dijo, todo me dejó. Esta casa íntegra, con ese jardín enorme alrededor. Como un bosque es. Te juro. Como un jardín botánico a mano, o algo así. Un bosque me parecía cuando era chica. Ya la vas a ver. Raro, la verdad. Tenía otros sobrinos nietos, sí. Como cinco. Una vez los viste, en un casamiento. Se casaba la más grande, Inés. Bueno, claro, yo tampoco me acordaría. Sí, qué sé yo. Puede ser. Viste que cuando una persona es la favorita de alguien siempre es la última en enterarse, ¿no? Qué tarado, no digas cualquiera. Para eso tengo a la loca de mi tía. Me dejó también una carta. En una caja de seguridad, con otras boludeces. Anoche me quedé hasta cualquier hora leyéndola, casi ni dormí. Es que es una carta larga, como un diario más bien. No sé, un delirio. Cosas de vieja desquiciada. Te cuento mañana, ahora estoy muerta. Es que no es importante, de verdad. Siempre le gustó inventarme cualquier cosa, desde que yo era chica. Por eso la quería, creo. Tampoco sé si la quería exactamente. Me encantaba eso de que a ella podía decirle cualquier cosa. Contra el colegio, contra mis padres, contra la noche, cualquiera. Detalles de mis amores, de mis delirios. Ella fue la única a la que le pude contar ese sueño que tenía siempre de chica, ¿te acordás que te conté, que me duró años?

El de la ciudad desierta, sí, tal cual. Qué bueno que te acordás. Te extraño, monito. Nada, el domingo a la noche ya estoy ahí. No sé, quisiera salir lo más temprano posible, pero a la vez quiero dejar esto mínimamente organizado. Mínimamente. No me da para más ahora. Y además tengo que reponerme para el lunes, que tengo un día fatal. De todo, de todo, no me hagas acordar. Reunión con el rector supertemprano, y otra al mediodía con esos gringos que quieren hacer un programa conjunto, te acordás. El de Finanzas, sí. Ahora parece que le quieren meter también uno de Arte, todavía no lo tengo muy claro, y quieren salir con un catálogo de artistas insufribles, impresentables. Hace años que esta gente no se da una vuelta por una galería que valga la pena, te juro. Bueno, no me hagas acordar. Al menos se bancan que yo desaparezca justo ahora, con todo eso. O no se lo bancan, pero ya está. No sé de dónde habrá salido ese apuro de mi tía para que venga urgente, la verdad, me olvidé de preguntarle al abogado. Caprichos de Vita. Urgente o no hay herencia, qué melodramática. Sí, sí, y acá estoy, es verdad. Pero ¿quién no hubiese hecho lo mismo? Bueno, me voy a dar esa ducha y me acuesto, que mañana quiero empezar temprano. Después por ahí un fin de semana largo nos damos una vueltita, dale. Te va a gustar, vas a ver. Es tranquilo por lo menos. Muy, sí. Beso, dale. Y otro a Trote. Que se porte bien, que no duerma en mi lado de la cama: pasate vos, que después me deja todo el olor. La conozco, mirá, la conozco. La próxima la traemos, decile. Beso, beso. Que descanses, bonito, que te mejores pronto y mucho.

—

A la mañana siguiente, llaman tres veces desde la oficina. La tercera, cuando está saliendo de la ducha. Mira la hora, todavía no son las nueve. Atiende igual porque es Mateo. Le recuerda que hoy viernes tenían que mandar el texto final acerca de las becas, que las inscripciones ya se les vienen encima. Le jura que no puede hacerlo solo. Estoy de vacaciones y me queda un solo día hábil para terminar mis trámites acá, piensa Lucrecia, y hasta casi lo dice, pero prefiere no entrar en detalles. Nunca con sus colegas, ni aunque sea Mateo. En dos horas como máximo, promete. En dos horas te vuelvo a llamar. Por favor, por favor. Si llega a aparecer Mariano antes me mato, alcanza a escuchar del otro lado, antes de cortar. Va hasta la cocina, se prepara un café negro bien cargado. Nota una especie de demora en sus movimientos, que no sabe si viene de las horas de sueño bajo el quillango o de lo que le cuesta encontrar cada uno de los objetos en estos armarios. La exaspera. Anoche, cuando se preparaba un arroz, le pasó lo mismo. Dónde el recipiente apropiado, dónde los ingredientes, dónde los condimentos. Y, en cada una de esas búsquedas, la impresión de que estas son las cosas que Vita debía haber hecho miles de veces ahí mismo, la impresión de que está haciendo una especie de mímica de sus gestos. Absurdo. Insostenible. Todo, todo esto. Agarra la taza como si fuera un escudo y se dispone a hacer lo que tiene pendiente desde ayer en esta casa. Abre la puerta del primer cuarto con cierto aplomo, aunque percibe sus nervios in crescendo a medida que va abriendo los otros. Cuartos barrocos, llenos de objetos absolutamente innecesarios. Por lo visto, Vita siguió siendo la misma enquilombada de siempre. Despejar eso le va a llevar mucho más tiempo del que pensaba. Por ahí puede venirse con Nilo en Pascuas, que en definitiva tanto no falta, y encauzar un poco el tema de a dos. Pero acaban de deslomarse de a dos para acomodar las cosas en su departamento nuevo, la idea de empezar otra vez con algo parecido la agobia. Por qué Vita habrá pensado justo en ella, que nunca tuvo pasta de heredera.

—

La oficina (II)

Parece que nos salteamos muchos otros títulos. Un desastre. Estaban justo las secretarias tomando un café en el comedor. Van a armar quilombo con esto del flyer de profesores. Me quedó clarísimo. Lamento anunciártelo

—

No lo puedo creer
Si saben que en un flyer van solo los posgrados más altos
Qué pretenden?
No sé, con los otros que hagan lo que quieran

Que se los dediquen a sus madres
Que los impriman en un barrilete para los hijos!
Te puedo reenviar uno por uno los mails en los
que ellas mismas aprobaron los títulos
Son ellas las que se quejan, que lo chequeen so-
litas entonces
No puedo lidiar con todo desde acá, Mateo
Estoy tratando de resolver lo de las becas

—

Ni siquiera saben valorar que mi tía tuvo el buen
timing de morirse en el verano

—

Eliminar mensaje
Eliminar para todos
Mensaje eliminado

—

Para todos aquellos estudiantes que hayan demostrado tener un promedio y una dedicación destacables, están abiertas. No. Disponibles. Tampoco.
Es el problema de empezar una frase por el lugar
equivocado. La universidad ofrece un amplio sistema de becas a todos aquellos estudiantes que, durante sus estudios secundarios, hayan demostrado
un promedio y una dedicación destacables. Dedicación, ¿qué se supone que significa eso? No es la
palabra, no. Otra, tiene que encontrar otra. ¿Concentración? ¿Esmero? ¿Ahínco? ¿Voluntad? ¿Predis-
posición? Compostura, esa es la palabra. El talento
y la compostura. Qué mal suena, remite inmedia-

tamente a un problema intestinal. Está todo el tema del financiamiento también, alguna clave tiene que dar desde el inicio. Imposible en setecientos caracteres, cómo se le ocurrió a Mariano aprobar ese nuevo diseño. El timbre de su teléfono. Otra vez Mateo. No son las once todavía, le dice, en vez de hola, le dice como si tirara una piedra. No es eso. Es que el Perentorio se acaba de dar cuenta de algo. Quiere que se lo transmita cuanto antes. Que para la foto elijan alguien apocado, dijo. Alguien tranqui. Que con eso ya estaremos transmitiendo la información que antes dábamos en el párrafo ese tan largo de las becas, tan lleno de palabras. Así dijo. Ahora no está, tuvo que salir para un almuerzo. Quedó claro que todo lo que tuviera ver con las fotos en este caso lo iba a resolver él, contesta Lucrecia, para qué la llama. Mateo no sabe, balbucea respuestas pero no sabe. Le recuerda que se tomó estos días para resolver un trámite importante, que lo hablaron, que habían quedado en que él la iba a cubrir. ¿Tan difícil es? No, no, dice Mateo, y pide disculpas, la voz se le tensa. Que no se preocupe, dice, va a buscar la foto de alguien así, él se encarga. Alguien con cara del interior, agrega, como sintetizando, antes de preguntarle por su tía. Mi tía está muerta, dice ella, y le corta. Se levanta de la mesa, cierra todo con estrépito. Imposible trabajar así. Que le reduzca el texto su abuela, piensa, mientras se va a preparar otro café bien cargado. O su tía abuela, querida, si es que tiene la suerte de tener una como vos, que le ofrece no solo una ayuda sino una solución, un futuro, un sentido y, más importante aún, un monto para deshacerse de todos ellos y sus tiranías. La cara de Lucre hace un gesto en el que se entrecruzan la semisonrisa y el descrédito. Pone el agua a calentar, mira la hora. No puede creer que ya se le haya ido toda la mañana.

—

Abre los ojos, vuelve a cerrarlos. Las cinco y media de la tarde. Imposible. Lo último que se acuerda es que vino hasta la cama de Vita a estar más cómoda para hacer sus ejercicios de respiración y recuperar energía. Este quillango, debe ser, que la ayuda a dormir como nada, como nadie. Hasta casi borra su culpa vegana, hasta casi reemplaza las pastas. De ahí a dormirse una siesta así hay un gran paso, más bien un abismo. Se enrosca bajo el peso animal, se da vuelta en esa cama que ayer nomás le parecía tan ajena. Los músculos y las articulaciones están tan distendidos que por un momento se asusta, teme derretirse. Calcula si entrará en el baúl de su auto, después se acuerda de que hace años que en Buenos Aires ya no hace más frío. Acá, en cambio, no le sobra el quillango en pleno febrero. El frío adicional que aportan esos árboles ahí afuera, ese círculo verde tiene que ser, porque en sus recorridas por el pueblo volvió a sentir el calor seco de este lugar. Tal vez sea de ese mismo círculo verde de donde viene el frío en sus tobillos, piensa, mientras abre en un gran arco las piernas ahora tan relajadas ahí, en esa cama inmensa, tan a salvo de todo. Hace un esfuerzo por incorporarse, pero alguna fuerza de gravedad desconocida la succiona. Cuadernos de infancia, qué tupé esta Vita. Venir a hacerse la Lange por acá. Se pregunta si la habrá leído, o si habrá sacado el título de algún diario viejo. Su tía fue siempre una gran lectora, la verdad. Al menos siempre mientras la conoció. En qué momento se desconectaron tanto. Mientras ella estudiaba no, seguro, porque tiene recuerdos nítidos de los comentarios de Vita acerca de la vida universitaria, de los consejos con respecto a su carrera. De la ironía con la que le contestaba a algunos de sus planes, a casi todos. Van a expropiarte primero los días, después las noches, después los sueños, hagas lo que hagas, le decía. La maquinaria te traga, querida. Ni siquiera: te mastica y después te escupe. ¿Habrá sido por ahí que se desconectaron? ¿Habrá sido que ella no había podido soportar ese tono? ¿Habrá sido esa incapacidad de Vita para entender que no se puede estar flotando y socavando la superficie a la vez? ¿Se habrá plegado inconscientemente al enojo de su padre? Los otros se mueren y uno no alcanza a preguntarles las cosas más básicas. Ni a su viejo por las peleas, ni a Vita por tantas cosas. De dónde habrá sacado esto de la plata, por ejemplo. Un disparate. ¿Le habrá agarrado una demencia senil no diagnosticada? De reojo vuelve a mirar la hora en ese despertador absurdo. Cómo puede alguien confiar en un aparato así para despertarse, parece utilería del desastre. Tiene que ponerse en marcha de una vez, piensa, pero el cuerpo sigue adosado a la cama. Boca abajo, estira los brazos en cruz como para terminar de cubrir toda la superficie, como para abrazar una impresión que no quiere que se le escape. Algo que desconoce se activa en sus venas.

—

Seis grados, siete, calcula. Como mucho. La bocanada fría del jardín se intensifica a esa hora de la mañana. Vuelve a la casa a buscar uno de los otros quillangos que encontró anoche mientras hacía orden, uno más chico, más maleable. Se lo pone sobre los hombros mientras se felicita sola por lo expeditiva que estuvo. Casi no durmió, pero logró llenar dos bolsas de consorcio con cosas que hoy mismo, antes de irse, va a poner en la vereda. Ya habrá tiempo de meterse con el resto, que no es poco. Esta Vita estaba a un paso de la acumulación compulsiva. Vuelve al jardín. El piso mojado del alba. Inspira. Los olores de entonces. Las sombras de esta exaltación verde. Los cantos de los pájaros. Da unos pasos renuentes. Le corre un escalofrío. Tendría que haberse traído una taza de café. Ahora, en cuanto vuelva a entrar. Le molesta reconocer que se levantó con cierta ansiedad esta mañana, le molesta reconocer que, mientras se hace la que pasea por el jardín, lo que en verdad busca es el lugar aquel, el que Vita menciona en su carta. Tiene que caminar más para eso. Le molesta que su tía haya estado tan aburrida como para dejarla en esta situación de blooper. La búsqueda del tesoro con quillango en los hombros. Comprueba que los algarrobos siguen adueñándose del paisaje, y que el aroma de los eucaliptos es mucho más intenso a esa hora. No se acuerda de haber madrugado ni una sola vez en aquellas estadías de infancia. Sigue por el sendero, que apenas se ve por las hierbas todavía desmedidas, cada vez más. Algunas tenían nombres alucinantes que ahora se le escapan. Nunca pases por alto el nombre de las plantas, querida, tienen siempre sus maneras de decirnos algo. Escucha otra vez la voz de Vita y escucha ya el agua del canal, allá al fondo. Se acuerda de que solía gustarle ese lugar, el del pícnic, precisamente por eso, por el sonido del agua. Estaba convencida de que esa corriente pasaba por ahí exclusivamente para ellas dos. Llega hasta el rincón en el que solían sentarse. Los sauces siguen intactos, las ramas entregadas al suelo. Se sienta también ahora, se arropa. Le agarra una súbita preocupación por ese quillango que tiene en los hombros, justo el que piensa llevarse con ella hoy. Chequea que no haya barro. Y casi a su pesar chequea también si hay alguna señal, aunque sea mínima, de que ahí abajo pueda haber algo enterrado. Dinero enterrado, mucho. Mucho y suyo. Supuestamente suyo. Chequea con ilusión, con disimulo. Chequea con tanteos, con descrédito, con pánico y a la vez con ganas de que sea cierto. Nada en ese pasto ralo emite la más mínima señal. Tantea con las palmas, las manos se le mojan con el rocío. Unos rayos de sol atraviesan las ramas y alumbran justo el rincón en el que está. Le vuelve algo parecido al sueño, esa modorra extraña que circula por ahí. Extiende el quillango, ya encontrará dónde limpiarlo a su vuelta, y se acuesta de cara al sol, como atrapándolo. Escucha el canto entrecortado de un pijuí. Solía tomarlo como una buena señal. Se distiende, se alegra. Ahí sí vuelve a escuchar el agua que corre por el canal estrecho.

—

Un ruido, un peso, Lucrecia no puede determinar qué es lo que cae sobre ella primero. Se sofoca, se levanta, más bien intenta levantarse pero en vano. Se le enredan las piernas en el quillango, en las ramas de los sauces, en no sabe qué. No se levanta, se queda ahí, pero entonces se ahoga: se ahoga literalmente, no puede respirar ni ver, manotea, no entiende. Cree haber caído en una trampa, una trampa literal, una de esas que en los documentales caen sobre los animales en medio del bosque, de la selva, caen y los inmovilizan, o los levantan por los aires, los convierten en presa fácil. Vendrán ahora las hordas de cazadores armados, piensa. Pero no. Casi encima de ella, ve o cree ver un bicho, un animal gigante, prehistórico, un hocico húmedo, unos colmillos filosos. No grita, abre la boca como si fuera a hacerlo, pero la sorpresa y el miedo le paralizan las cuerdas, impiden todo contacto, le cierran la glotis. Gruñidos escucha de pronto, gruñidos y resoplidos, como de aire saliendo por las fosas nasales de un dragón, un aire fibroso, quemante. Se siente de pronto inmersa en una de las escenas de los personajes de Nilo, aprisionada entre efectos especiales y proporciones alteradas. Nada de eso es real. Se queda quieta, no respira. Ahora ese hocico húmedo le tantea la cabeza, los flancos. La hace girar sobre sí misma, ahí en el suelo. Una vuelta, otra. Intenta frenarlo pero no lo logra. Pierde el quillanguito en esos tumbos. Pierde también la ilusión de equilibrio que le quedaba. Está completamente mareada. Podría deshilacharse, podría caerse maniatada al canal. Y los colmillos ahí, en la retaguardia, esperando. Es un sueño. O es la muerte. Entonces era así, terminaba así, piensa, y con esa frase se entrega, se ablanda. Como si hubiese develado un misterio. Todo ocurre demasiado lento o demasiado rápido. Está fuera de eje, fuera de foco. Cuando su entrega a lo que sea es total, ve o cree ver que la mole prehistórica sigue de largo, que la deja ahí al costado, que sigue husmeando el suelo, ahora un poco más en dirección al canal. Es un chancho pero negro, le parece, un chancho negro. Imposible. Levanta la cabeza. ¿Un jabalí, entonces? Se pregunta qué hace un jabalí en ese jardín, se pregunta si se habrá alejado para tomar envión y embestirla, se pregunta si realmente está despierta, se pregunta cuál es su margen de maniobra. Ninguno. Esto no puede estar pasando, se dice, no. Va de un estado de entrega al de una incredulidad encrespada. Pero igual se queda inmóvil, el corazón sofocado y las piernas agarrotadas. El animal camina sin levantar el hocico del suelo, como si hubiese perdido una pieza preciosa, fundamental. No parece interesado en ella ni en tomar envión, sino en encontrar algo ahí. Le vuelven a la cabeza cuentos que escuchaba de chica, historias de cazadores que no volvían más por culpa de un jabalí que los había descuartizado. Intenta otra vez levantarse del suelo, con mucha cautela. La altura puede amedrentar a ciertos animales, convencerlos de que uno tiene más fuerza que ellos. Se le cruza esa frase que leyó una vez en el cartel de algún parque nacional. De a poco, levantarse muy de a poco, y que el animal la vea otra vez en pie, la supremacía recuperada, eso se propone. Las piernas retoman algo de su tono, salen del calambre. Muy de a poco. Milímetros. Ir levantándose de un modo que sea imperceptible hasta para ella misma. La parte superior del cuerpo agazapada, como asomándose después de la ráfaga de tiroteos. En eso está cuando el jabalí se olvida de su búsqueda y levanta la cabeza. La mira fijo. Lucrecia se queda congelada. Es toda de hielo, un bloque de hielo transparente, y adentro un corazón muy rojo que salta enloquecido. Dónde. Dónde embestirán estas bestias. Por dónde empezará a masticarla. ¿El cuello? ¿La cabeza? ¿Las piernas? Se enrosca, se hace un bollo ahí mismo a medio levantarse, los brazos alrededor del cráneo como un escudo, que no empiece por la cabeza es lo único que puede rogar. Un grito. Escucha un grito que no es suyo. Un grito no, una voz. La misma voz que escucha el jabalí, que ahora deja de mirarla y busca en el aire, olfatea, busca con el hocico el lugar de dónde viene esa voz. Bardo. Bardooooooo.

—

Un café estaría bien, sí. Lucrecia prepara otro de sus recargados. Cuando agrega las cucharadas de café molido comprueba que todavía le tiembla el pulso. Se sienta con las dos manos debajo de las piernas a ver si así se calma. Le sorprende recuperar ese gesto de infancia. Su interlocutora mira hacia los costados como si fuera una dueña que está recibiendo la casa que alquiló por unos días. Mira como si conociera, como chequeando un acuerdo previo. Gloria se llama. Bardo, el jabalí. Es su mascota. Diez años tiene. Era de su abuela, que murió hace dos. Gloria contesta con monosílabos distraídos. Vita era una especie de segunda dueña, lo dejaba pasear en su jardín. Siempre, acota, desde chiquito. Cuando no vienen acá, tiene que cargarlo en la camioneta de un amigo y llevarlo a las afueras. Un verdadero bardo. Así fue que se les ocurrió el nombre. Que se les ocurrió cambiárselo, porque antes se llamaba de otra manera. Cuando dice eso le asoma en la cara algo parecido a una sonrisa. Qué es lo que hace acá, pregunta entonces, como reponiéndose de un momento de debilidad. Lucrecia cuenta algo, lo primero que le sale. Comprueba que el temblor le ha quedado también en la voz, en la médula. Mientras ella habla, o lo intenta, Gloria le hace un gesto al animal con los dedos, una especie de chasquido. Bardo se acuesta a sus pies. Lucrecia pierde el hilo cada vez que escucha los gruñidos. No significan nada, dice Gloria, son como un tic. Vita lo adoraba, agrega. Lo conoció desde cachorrito. Lo encontraron juntas, de hecho, ella y su abuela. Habían salido de paseo, algo así, y se les cruzó en medio de la ruta, casi lo atropellan. Seguramente acababan de matar a su madre. Pasa todo el tiempo por ahí. Los cazadores furtivos. Si la cosa es más organizada, si se trata de cazadores profesionales, alguien se encarga de matar a los cachorros inmediatamente después de haber matado a la madre, pero a los furtivos se les escapan, es un desastre. Vaya a saber en qué ánimo andaban aquellas dos para haberlo recogido. Cosas del azar. Bardo tiene su estrella. Eran muy amigas las dos, sí, muy. Le extraña que ella no lo sepa. La distancia, el trabajo, empieza a enumerar Lucrecia, pero su nueva interlocutora la interrumpe. Entonces tampoco sabe nada de los planes que tenían juntas, dice, con un tono tajante que es más bien una pregunta. Lucrecia tartamudea unas frases que no revelan nada, salvo su estupor. Aprieta más en la silla las manos que tiene bajo los muslos. Gloria le dice que no tiene tiempo para andar con vueltas. Y que no sabe cuál fue el arreglo final que hizo que a ella le tocara ordenar la casa y a Lucrecia recibir las ganancias de esos planes, pero está segura de que algo de esas ganancias le corresponde. Después le pide un lápiz, una birome, lo que tenga a mano. Ahora tiene que irse, le dice, los domingos al mediodía se encuentran en la laguna y ya están todos esperándola, pero ahí le deja anotado su número. Que la llame si se llega a enterar de algo. Por más mínimo que sea.

—

Conversaciones

Sí, es verdad. Pero no sé. En un rato salgo. Igual ya no hay tanta gente en la ruta. Puedo hacer el viaje de un tirón. Qué bueno que ya estés mejor de la gripe, bien. En cambio yo estoy tratando de reponerme. Del ataque de un chancho salvaje. Te lo juro. No es un chiste, para nada. En el jardín de mi tía. Así como te lo cuento. Por momentos sospecho lo mismo, pero pasó de verdad. Te lo juro. Me fui a caminar un poco por el parque y apareció de repente. Como una tromba. De la nada, sí. Bueno, tal vez no tanto, pero para mí fue de la nada. Tremendo, casi me muero de un ataque al corazón. Parece que el bicho también usa este jardín para pasear. Desde chiquito. Me lo dijo la dueña. Sí, así como lo escuchás. Tiene dueña, es como su mascota. Me lo contó ella, y además lo comprobé yo misma. La invité a tomar un café y el jabalí vino con ella. Como un caniche. No, una chica. Qué sé yo, no sé, debe tener veinte, veinticinco como mucho. Gloria se llama. Me dijo que el jabalí era de su abuela, que se murió hace poco. La mejor amiga de Vita era su abuela. La conocí, sí, pero hace mil años, no me acuerdo para nada. Bueno, sí, ya pasó, qué más querés que te cuente. ¿Olor? No, no me di cuenta, y a vos te consta mi superolfato. Por ahí hasta lo bañan con shampoo, qué sé yo. Cuando vino Gloria fue casi simpático, te digo. Lindo no, pero simpático. Pero a mí casi me mata de un ataque de pánico. Literal. Pensé que estaba soñando. No, no, ni siquiera. Pensé que me estaba muriendo. Por un instante sí, te juro. Vos reíte, pero fue espantoso. Los quillangos estos de mi tía abuela me transmitieron algún sueño ranquel, pensé después. No sé si los ranqueles tuvieron contacto con los jabalíes, la verdad. Ni idea. Mansilla no dice nada, ¿no? Lo leí hace tanto. Está la historia esa de su perro, Brasil. Lo adoraba a ese perro. Se lo termina dejando a un cacique como parte de una transacción, ¿te acordás? Se le parte el alma. Siempre pensé que las cosas horrendas que le pasaron después a Mansilla vinieron por eso, por lo que le hizo a Brasil. No estoy exagerando, lo pienso de verdad. ¡Dale! No te creo. Serías capaz de entregarle tu mano derecha al peor de tus enemigos antes que desprenderte de Trote. Oíme, cambiando de tema, ¿tenés idea de qué se necesita para cavar un foso en la tierra? Sí, lo que estás escuchando. Un foso, un pozo. Tierra, hola. Salí un minuto de tu mundo cómic, por favor. No, no es que me quiera hacer la autóctona. Tampoco te pregunté un misterio ancestral, ¿no? Bueno, dale. No tenés ni idea, obvio. Mirá a quién vengo a preguntarle. Por nada, por nada. Dejá. Me preguntó esta chica, Gloria. No sé, no le pregunté. Querrá plantar otro árbol, que sé yo. Yo quería darle una mano. No, no estoy loca. Finalmente me salvó de una, ¿no? Voy a ver si como algo ahora, si me calmo un poco antes de salir a la ruta. No sé, todo esto del jabalí me dejó histérica. Muy cansada. Muy, no sé. Mejor arranco un poco más tarde. Me voy a comer algo a ver si se me pasa. Segura. Sí, dale. Sí, sí. Beso. Nos vemos a la noche. Igual no me esperes despierto, no hace falta.

—

Corta y se sumerge bajo el quillango. El cuerpo entero se lo reclama. Le duelen los huesos como si tuviera la edad de Vita y la de su amiga juntas. Le corren escalofríos por las extremidades, no sabe bien si de frío o de calor. No puede enfermarse justo ahora, por favor no. Enrolla las piernas. Los escalofríos zigzaguean por su espalda, estallan en la curva de la cervical. Son tan nítidos que hasta podría dibujarlos. Se queda unos minutos así, hecha un ovillo, no puede calcular cuántos. La posibilidad de que sea cierto lo que dice en la carta se le pasa por primera vez por la cabeza. Se anima a pensarla como una opción. La carta no como una broma póstuma, un ejercicio ficcional de su tía, un último intento por captar su atención, sino como un legado, la carta como lo que dice ser y nada más. Y nada menos. Entonces, también tendría que ser cierto todo el resto, tiene que asumir: los secuestros, las extorsiones, los planes. Imposible, imposible, dice. Por qué entonces la pregunta de esta chica, por qué. De dónde su certeza. Algo parecido a una náusea le da vueltas por el cuerpo. Levanta las almohadas que deja siempre tiradas en el suelo y las acomoda sobre el respaldo, como para estar en una posición más erguida, el sistema digestivo más en eje. Esa ensalada que se armó anoche tiene que ser, piensa, cómo se le ocurrió abrir esas latas. No es momento para saberlo, no ahora, mejor concentrarse en que esta náusea se aquiete. Respira. Se acuerda de sus clases de respiración zen. Logra serenarse. Estira el brazo otra vez. Se le ocurre abrir esos libros que Vita dejó en su mesa de luz. Dos utopías argentinas de hace más de un siglo. Dos ejemplares muy ajados, muy subrayados. Por qué, entre la cantidad de materiales dispersos por esa casa, esos dos libros ahí.

—

Vita no entendió nada acerca de ella, eso es lo que pasa. Nada. Lucrecia se cansa de leer, se siente mejor ya. Al menos sin náuseas. Toma envión y sale de abajo del quillango. Va hasta la cocina y se prepara un té con miel. Escupiría ya ese jengibre en polvo que encontró si estuviese en una casa de veras, no en esa cueva. Pega portazos que retumban en los techos de barro. Además, qué falta de sutileza, de persuasión. A quién se le ocurre intentar convencer de algo a alguien criticándolo, a quién. Solo a una vieja loca que nunca tuvo que persuadir a nadie de nada. Una mandona, eso es lo que siempre fue. Se acuerda perfecto. Esos rehenes, por ejemplo, de dónde los sacó, cómo los convenció. Sería eso lo que había averiguado su padre, entonces, sería por eso que se habían peleado, que se habían ido todos de ese pueblo para siempre. Le preguntaría a su vieja si no estuviera tan distraída, o a su hermano si no estuviera tan carcomido por la felicidad cotidiana. Cotidianeidad burguesa jamás, querida, antes la muerte. Mi contribución al mundo es negarme a tener hijos. Que nada te haga caer en la superstición de la carrera, mucho menos en la del trabajo rentado. Le empiezan a bajar frases recurrentes de Vita como dichas por un coro de megáfonos. No hay mejor forma de dar batalla que seguirles el rastro a tus ganas. Y ojo: las reglas de este mundo tal como está planteado no son otra cosa que una trituradora de ganas. De pronto se le ocurre pensar que tal vez su tía estuvo adelantándole estos planes desde siempre, dejándole pistas en sus conversaciones casuales de infancia y en las que siguieron también. Formándola. Le vuelven los escalofríos, las ráfagas heladas en los tobillos. Se dobla en un bollo ahí parada donde está, en medio de la cocina gélida. Cierra los ojos, aprieta los párpados y pone los brazos en cruz sobre la cabeza. Eso no puede estar sucediéndole, no. Toma aire como aprendió, bien abajo, se apoya en la mesada. Pone más miel al té, es ese estado gripal que no estalla lo que la tiene así. Ella sabe perfectamente cuáles son las cosas que quiere hacer y bien que las hace. Cualquiera que se tome el tiempo de indagar en su vida puede comprobarlo, se dice, se repite, las hace le cueste lo que le cueste, no tiene por qué hacerse cargo de las frustraciones de una vieja loca. Por qué no se habrá decidido por Gloria si es tan cierto que fue su primera opción, hubiera sido tanto más fácil. Traga un sorbo de té con falso jengibre, pero tampoco de ahí sale ningún calor. La taza retumba sobre la mesada, como en medio de una discusión. Va hasta el escritorio. Dónde es que dejó el papelito con el teléfono de Gloria, dónde entre esas pilas de papeles y de trastos. Ahí. Bien. Marca los primeros tres números y recién ahí se da cuenta de que son las cuatro y media de la mañana. En qué momento se hicieron las cuatro y media de la mañana del lunes en el que iba a estar de vuelta en Buenos Aires. No sabe ni le importa. Se tira sobre el sillón, el quillanguito en los hombros helados, los tres números ahí como expectantes. Mejor la llama mañana. Le pregunta qué es exactamente lo que sabe y, en todo caso, la embarca en su búsqueda. A ella siempre se le dio bien eso de trabajar con otros. Solo le queda pendiente averiguar los detalles técnicos, las formas de cavar la tierra. Rufino, claro, cómo no se le ocurrió antes. Qué será de su vida. Mañana a primera hora. Rufino, Gloria. No puede irse de ahí sin sacarse esa duda, por inverosímil que suene.

—

La oficina (III)

Te estoy escuchando, Mariano, sí. Simplemente me sorprendió tu llamado a esta hora. No, no, decime. Sí, un poco engripada tal vez. Todo bien, sí. Pero ya les di el ok a los de Diseño. El viernes. No, no. No es así. Me pareció que habías dejado el tema de las fotos en mis manos. Bueno, dejame ver qué puedo hacer. Bueno, bueno. Pero igual, ¿llegaste a ver bien la foto? Para mí ese ángulo de la Biblioteca tiene impacto. Tiene algo de universidad à la page y a la vez da una cosa de énfasis en la investigación, calidad académica, etcétera. Me pareció que estaba bien para ingresantes. No, no me parece. La verdad que no. Va a parecer que estamos ofreciendo un emprendimiento inmobiliario. No, no. Nnnnnno. No es así. No es eso lo que quise decir. Bueno. Por ahí estamos a tiempo, sí. Los llamo ya, sí. Igual, antes de las nueve no creo que me atienda nadie. Pasame entonces la foto que a vos te parece. Que me la pase Mateo, quise decir. Pongo esa y listo. Directamente

—

Llamado de Mariano al alba
Y yo todavía acá
No se lo alcancé a decir
Avisame cuando te despiertes, por favor!

—

Delfi, buen día. Urgente. Disculpame el mensaje a esta hora. Imposible llegar a la reunión con el rector. Varada en La Pampa. Tremendo. ¿Podrá ser que me reemplaces en esa reunión? Vos la tenés agendada. Nada del otro mundo. Podés decirles que sos muy buena redactando, con eso los dejás tranquilos. Sé que todo arde el lunes a la mañana. Te debo una. Te debo miles. Abrazo, L

—

Artículo del Doctor Arenasa publicado ayer. Difundilo por comunicación interna también

—

Hola Julieta,
Quería saber si habías logrado ver el mail que te mandé la semana pasada. Como estoy fuera de

Buenos Aires, necesito saber si me quedó pendiente algún trámite. Me preocupa que sigan pasando los días. Sobre todo porque tendré que extender mi estadía acá. Vacaciones acumuladas tengo de sobra. No hace falta que confirmes las fechas con Mariano, mejor no sobrecargarlo. Espero tu respuesta lo antes que puedas. Gracias. Cariños, Lucrecia

—

Hola Lucre,
Consulta: Lucinda Tapia quiere saber si puede mandar a una revista (creo que académica o algo así) un capítulo del libro que ya está a punto de salir. ¿Todo bien con eso? No me acuerdo qué me habías dicho. ¿Le digo que hable con vos directamente? Gracias! R

—

¿Cómo yo todavía acá? ¿Acá dónde?

—

Hola Lucrecia,
En estos adjuntos encontrarás los últimos dos papers generados por el Departamento: "Normas de competencia. Eludiendo obstáculos en arenas cambiantes", de la Doctora Rizzi, y "Prolongación artificial de la vida: razones éticas y efectos económicos", del Doctor Cimadevilla. Pasaron ya por corrección. Necesitamos que los apruebes y les des curso lo antes posible.
Saludos,
Andreína

—

¿Y qué pasó con el Perentorio ahora?

—

Ya estoy en la ofi. En cualquier momento me lo cruzo. Decime por favor qué pasó, qué tengo que decirle o qué no

—

Estimada Lucrecia,
Me permito mandarte este mail porque tu jefe me autorizó. Tengo terminado ya mi último libro, el que te comenté en alguna reunión, y quisiera saber si puedo contratarte para que le hagas una revisión. Por fuera de tu trabajo en la Universidad, quiero decir. Quedé muy desilusionado con lo que hizo la correctora de la editorial en el último que publiqué, me gustaría mandarles este con ese trabajo ya hecho. Me consta lo bien que lo harías vos. Puedo adaptarme a casi todas las tarifas. Espero que estés bien. Un saludo cordial. Enrique Della Rivera.

—

Este año desde el Centro de Estudiantes queremos hacer una celebración para recibir el otoño. ¿Nos ayudás a escribir un textito que lo relacione con todo eso de la Pachamama y los ciclos de la naturaleza, blablá? Falta todavía, pero te quería avisar con tiempo. Sé que sos una chica muy ocupada

—

¿Es por lo de las secretarias? ¿Por el flyer? ¿Se le fueron al cuello a él?

—

¿Dónde te metiste, Lucre?

—

Hola Mariano. Te dejo este audio urgido. Tuve un imprevisto. Me llamó anoche el abogado de mi tía. Estoy fuera de la ciudad por este tema, ¿te acordás? Se había olvidado de decirme que tengo que firmar unos papeles y chequear unas cuentas. Si no lo hago ahora pierdo todo. Decime a qué hora te puedo llamar y te explico personalmente. Por acá por teléfono, quiero decir

—

Lucrecia: te hablo yo pero en nombre de todas las secretarias de Departamentos. Es inadmisible lo que hicieron con los flyers. ¿De dónde salió eso de poner un solo título? Se ve muy vacío. Muy poco serio. ¿Para qué nos hicieron mandarles la lista completa de títulos? ¿Tenés idea de lo que nos costó armarla a cada una de nosotras? Semanas nos tuviste con eso y ahora sale así. Mateo nos dijo ayer que no estás viniendo a la Universidad estos días. Lo lamento, pero voy a tener que hablar con tu jefe. Esos flyers no pueden salir así

—

Lucre: hoy lunes sigo sin ver lo de Admisión en cuanto abro la página. ¿Me decís dónde está? Georgina está como loca, ya no sé qué inventarle

—

Hola Lucre,
Te paso en estos documentos los CV de las candidatas para dar el curso de Oratoria. Tenemos nuestra favorita, pero nos gustaría saber tu opinión antes de convocarla. ¿Y te podrás dar una vuelta ese día, cuando la citemos? ¿Cuáles son tus días con tiempo la semana que viene? Gracias! Male

—

¿Es cierto que paraste todo lo del video por el tema de la camisa de Esteban? ¿Te volviste loca?

—

¡Me encierro en el baño y no atiendo a nadie hasta que aparezcas!

—

Me enfermé o algo parecido. Todavía en La Pampa. No me puedo mover de la cama

—

Eliminar mensaje
Eliminar para todos
Mensaje eliminado

—

Lucre, ¿estás bien? Vi tu mensaje hoy temprano, y ahora veo uno eliminado. ¿Te robaron el teléfono? ¿Te raptaron?

—

Lucrecia no puede evitar que su cara se ilumine cuando los ve llegar. Como si con ellos viniera un aire que le está haciendo falta. Se lavó los dientes esa mañana tratando de ensayar la frase justa para sacar el tema por el que la llamó. Ninguna la convenció. Un café, ofrece ahora. Tuvo que quedarse porque se engripó, comenta, mientras lo prepara. Empieza a contar las movidas que hizo ayer en su trabajo para extender otra semana más sus días ahí, haciendo especial énfasis en sus derechos postergados, y en las concesiones que tuvo que hacer para compensar su falta de aviso previo. De pronto se da cuenta de que está siendo demasiado específica, o demasiado explicativa. Se enreda entonces en una teoría absurdamente compleja acerca del frío en los tobillos que toda la vida sintió en esa casa, desde chica. Cuando se da vuelta, Gloria está de espaldas, la nariz contra el vidrio, mirando el jardín. A Bardo no hay nada que le guste más, le dice. En ningún otro lado es capaz de correr en redondo como acá. Después vuelve a quedarse en silencio. Lucrecia agrega alguna frase hecha y, esperando tomar envión, demora sus preparativos con el café. Tiene la impresión de que la moledora, de que los jarros, de que incluso el agua del grifo hacen un ruido exagerado. En esa cocina hay un problema serio de acústica, no cabe duda. Respira hondo, carraspea. Pensaba en ella, en lo que le había dicho el otro día, dice después, un poco tartamudeante, cuando apoya las tazas en la mesa. Gloria sigue de espaldas, esta vez no contesta nada. Claramente, Lucrecia no está dando con la frase justa. Tengo una miel riquísima que encontré en un mercadito de acá a la vuelta, ofrece. Me vino bien para mi gripe, creo que fue eso lo que me está curando. Porque el jengibre en polvo me cayó pésimo, de eso no hay dudas. Gloria no parece interesarse en lo más mínimo en sus balbuceos sin rumbo. Lucrecia se levanta a buscar algo entre los estantes. Ofrece un par de dulces que ve ahí. Son caseros, supone, aunque no cree que fueran producción de Vita. Se le daban mejor los platos salados. Enumera un par de recetas favoritas de infancia. De pronto teme estar hablando sola. Y teme bien. Se da vuelta otra vez y ahí sigue Gloria sin moverse ni un centímetro de donde estaba, todavía mirando por la ventana. Lucrecia vuelve a la mesa sin dulces ni miel ni nada. Carraspea otra vez, la frase sigue sin aparecer. Le vuelve el dolor de cabeza del día anterior, el dolor de espalda. El cansancio de hacer siempre lo que tenés que hacer, es eso, querida, y el agobio de ni siquiera intuirlo, de ser tu propia bestia de carga. Otra vez una de esas frases de Vita como un rayo, como un látigo. De pronto toda la situación le parece absurda, definitivamente absurda. Qué hace ella ahí, perdiendo el tiempo, desatendiendo su trabajo justo ahora, malgastando su tan ansiada semanita de vacaciones en ese lugar ridículo, qué hace ella ahí, enfermándose en ese caserón, tratando de entablar una conversación acerca de lo que no existe con alguien que no la escucha. Una rehén más, eso es lo que es. Una rehén más de esa vieja desquiciada que se deprimió porque se le murió la amiga y se puso a escribir cualquier cosa. Cualquiera. Y esta Gloria. A quién se le ocurre ir a la casa de alguien, ir a la casa de alguien que además te ofrece un café, y quedarte embobada mirando a tu propia mascota por la ventana. Sin contar con que esa mascota es un jabalí. No está ella para sostener este absurdo. La llamó porque cree tener una novedad con respecto a los planes de su abuela y de Vita, dice un poco a los borbotones, un poco a su pesar, y entonces Gloria se da vuelta. Contame, y en un solo instante borra el encadenado rumiante en el cual Lucrecia se había parapetado. Vayamos para afuera con Bardo, propone Lucrecia, de pronto en eje, de pronto expeditiva como suele ser, y agarra las dos tazas de café. Por ahí en el jardín, por allá por donde dobla el canal, puede haber algo para nosotras, dice. Un rastro de esos planes a los que, cree, Gloria se refería el otro día. Vayamos con Bardo, propone, y en el camino le cuenta más.

—

Conversaciones

Todo bien, sí. Mamá está bien, perfecta. A su manera, claro. ¿Tampoco? Pensé que aparecía de vez en cuando, que los llamaba. Es un desastre como yo entonces, qué cosa. Le costó un poco después de que murió papá, debe ser eso. Ahí nos vimos, ¿no? Le costó mucho, sí. Quién diría. Pero mi hermano se ocupa bastante. No vive con ellos, no, pero está ahí cerca. Esa suerte que tienen ustedes en los pueblos. Los veo todo lo que puedo, sí. Con ruta despejada, en cinco horas estoy. Pero no es tan fácil, estoy siempre sobrepasada de cosas. Claro, sí. Tres nietos. Dos varones y una niña, la malcriada de la familia. Bien, yo bien. Nacho no. Nilo. Sí, sí, claro. A todo el mundo le pasa, tranqui. Nilo también, sí, a mil también con sus cosas. No exactamente, pero algo así, sí. Hace esculturas. No tan así, son esculturas a partir de personajes de cómics, o de películas. Batman, Ironman, Hulk, la Mujer Maravilla, ese tipo de personajes, los debés conocer por los chicos. Algo así, sí. Por ahora, no. No, no. Bueno, bueno, te aviso. Te juro, te juro que vas a ser el primero en enterarte. Treinta y cinco. No, ni de casualidad. Estoy rodeada de mujeres que son madres a los cuarenta. Y muy buenas madres. Ya sé, ya sé. No, no, me fui del diario. Hace rato, hace como cinco años, ahora trabajo en una universidad. Algo así, sí. Se supone que edito, pero en realidad hago de todo. ¿Y ustedes, los chicos? Enormes ya, me imagino. Increíble, cómo pasa el tiempo. Sí, sí. Nos tenemos que mandar para allá algún día. Pronto. Arreglo con mamá, la cargo en el auto y vamos a verlos. Es un plan, listo, quedamos así. Ahora escuchame. No vas a poder creer para qué te llamo después de todo este tiempo. Necesito saber qué es lo que hace falta para cavar un pozo, uno profundo. En la tierra, en un jardín. Quiero saber si tengo que alquilar una máquina, una grúa, o si puedo resolverlo con palas, caserito nomás. No sé, no tengo idea. Un metro, dos. Tres a lo sumo. Supongo. Ah, eso ni idea. No, ni idea. ¿No son todas las tierras iguales? Ahá, claro, claro. Es tierra de un jardín, supongo que será una tierra blanda, ¿no? No importa de qué se trata, de verdad. Claro, ¡y salís en los diarios como el cómplice principal! No, nada. Quiero plantar unos árboles antes de irme, es eso. De la casa de una tía abuela lejana, vos no creo que la hayas conocido, es de la familia de papá. Era. Se acaba de morir. El árbol, el libro, los hijos, tal cual. Me quedo con el árbol. Por ahora, por ahora, está bien. Qué fanático sos, no cambiás más. No sé, qué sé yo. Tierra removida, supongo, sí. No puedo creer que hacer una pregunta se convierta en tener que contestar veinte, Rufino. Disculpame, sé que le ponés onda. Es que estoy apurada, tengo mil cosas que hacer antes de irme. En La Pampa. Y en un jardín, como te decía. Ahá. Sí. ¿Nada más entonces? ¿Nada de topadoras ni de excavadoras? Bien, bueno. ¿No se necesita mucha fuerza? Perfecto. No diría que bien entrenados, pero mis años de yoga me han dado fuerza de brazos, sí. Y por ahí encuentro a alguien que me ayude, algún buen vecino tiene que haber. Vos siempre igual, no hay caso. No tengo tiempo para esas boludeces. Voy a ver cómo me va con esto que me decís. Después te cuento. Ahora estoy a las corridas, me entretuve con la charla y tengo que llegar a ver al abogado que me está arreglando las cosas acá. Dale, te vuelvo a llamar pronto y arreglamos. Besos a todos por ahí. A los chicos, que ya ni deben saber quién soy a esta altura. Sin falta, sí, sí. Prometido. Y mil gracias por esto, Rufino, gracias de verdad.

—

La oficina (IV)

Lucre, cómo estás? Increíble, pero se perdieron dos de esas cucharas de plata que usan a veces en la cafetería. En un desayuno que organizaron los de Finanzas, creo, no sé. Ayer fue. Igual el rector este quiere que le preguntemos a toda la comunidad. Un mail interno. A mí no me da la cara. Podrías mandarlo vos? Los de la cafetería están furiosos, parece. Por favor, sé buena. Beso, Muki

—

No sé, Mateo, no puedo pensar en eso ahora
La semana que viene
Si es que vuelvo!
Si es que no me echan, la verdad
Tremenda la conversación con Mariano ayer

—

No, no. No me hagas estos chistes a esta hora de la mañana. Por favor. ¿Qué te dijo Mariano? ¿Algo que tenga que repetir yo? ¿Algo que no tenga que decir? por favor contame más, no seas así

—

Y despreocupate. Hablo yo con Maggie. Veo qué puedo hacer. Qué bardo. Qué miedo ese jefe. Ya sabés el pánico que le tienen todos. Lo intento

—

Y te veo la próxima, eh!

—

Buen día, Lucrecia. Te copio acá la presentación de la Maestría en Hidrocarburos. Necesitamos tu ok urgente. Muchas gracias, R
Nuevos desafíos se presentan ante este futuro tan incierto como prometedor. Desde la Maestría en Hidrocarburos te daremos los lineamientos para ser un líder que entiende este proceso y es capaz de ex-

traer de él sus mejores vetas. Breve historia del sector, proyecciones a futuro. Cómo deslindar terrenos y supremacías frente a las nuevas energías. El valor de los combustibles tradicionales. Un proyecto de país. Cómo maximizar las posibilidades de cada sector. Presentación de proyectos grupales y mentoring personalizado. Competencias de liderazgo y marketing. Todo eso te ofrecemos. Profesores de amplia experiencia en el campo. Contactanos.

———

Socorro. Una de zombis. Reaparecieron los de Crecimiento Personal reclamándonos ese flyer para extranjeros, ¿te acordás? Para que sepan cómo evitar situaciones de acoso cuando vienen para la universidad. ¿Qué les decimos? ¿Nos hacemos los boludos?

———

Lucre. Disculpame que insista. Recibiste mi mensaje de ayer?
Georgina me dijo al pasar que le extrañaba que no la hubieras llamado ya. Te paso este aviso, no digas nada. Pero viste cómo se pone en esta época. Yo que vos me cubro

———

Y disculpame, pero a mí también me parece que no tiene la centralidad que debería tener en la página
Fijate vos de abrirla como si vinieras de afuera

———

Hola Lucrecia. Te mando el link para que veas cómo quedó lo de las Pasantías en China. Fijate si el texto va con esas fotos, tengo mis dudas.

Del consenso de Washington al consenso de Beijing. El mundo se expande. Nuevos actores entran en la escena próxima y, con ellos, ingresa también una nueva forma de pensar, de habitar, de negociar, de generar confianza. Cuanto más a tiempo entremos en contacto con ese cambio, más preparados estaremos para asumir una posición de liderazgo en el nuevo orden. Estas pasantías en China están pensadas para aquellos estudiantes avanzados que tengan el arrojo de sumergirse en aquello que es tan intangible como crucial a la hora de negociar: las formas de generar legitimidad y confianza, el lenguaje de lo no dicho, la cultura, las tradiciones. Contactate con la Oficina de Alumnos. Cierre de la convocatoria: 20 de abril.

—

Por favor, por favor. Acá el Perentorio está furioso. No puede creer que te hayas ido así. Yo mudo. Decime qué es lo que tengo que decirle, decime algo. No quiero llenarte la cabeza, pero el panorama está bravo

—

Una comunidad de referencia de por vida. Historias de vida. ¿Lo sacamos así? Disculpas que te persiga, es que necesitamos salir con esos videítos ya. Los de Alumnos están muy presionados por los de Admisión. Avisame por favor cuanto antes. Gracias. Y disculpas de nuevo

—

Lucre, soy Muki. Todo arde. Los de la cafetería se niegan a ofrecer el menú del día si no aparecen las benditas cucharas esas. ¿Pudiste mandar esa comunicación? A mí no me llegó. Sorry, gordita, pero te juro que no da que lo mande yo. Dale, para vos son dos minutos. Que al menos vean que lo estamos intentando. Llamame cualquier cosa. Pasé recién por tu oficina, no vi a nadie. Es urgente. Falta nada para el mediodía

—

Estimada Lucrecia:
Avanza la semana y seguimos sin tener noticias acerca de esos flyers que salieron con la información errónea. Te repito una vez más que desde todos los Departamentos mandamos la información completa que ustedes nos solicitaron, que la inexplicable decisión de editar esa información fue de ustedes en Comunicación. Copio al Doctor Rubens y también al ingeniero Anaya, de Agronegocios, quien está especialmente interesado en que se resuelva este problema cuanto antes.
Como vos sabés bien, esta es la época del año en la que esos flyers tienen mayor circulación. Seguimos aguardando respuesta. Intenté hablar con tu jefe pero me dijo que este tema es de tu exclusiva responsabilidad.
Saludos cordiales
Agustina

—

Oíme, acabo de salir de una reunión con Vandewalle. Llamame urgente

—

Por favor, Mateo, ¿cómo me llamás así? Así sin avisarme. Pensé que era Mariano. ¿Está por ahí? Obvio. Decime. Ya sé, ya sé. Vos no te preocupes por eso. Con que no agregues nada alcanza. No da para que te pongas en el centro de la escena ahora, Mateo. No da. Y no me llames sin avisar antes. ¿Qué es esta locura? Decime. Me estás jodiendo. No es cierto. Pero ¿qué les pasa? ¿Tiraron un gas imbecilizante ahí? Por favor. No puedo creerlo. NO. NO. No sé. Que se arreglen. Hacelo vos, que lo hagan ellos, no sé. ¿Alguien ahí registra que todo lo que hago en estos días es trabajo pro bono? Por favor. Lo mínimo. Qué gente imposible, por favor. Pensé que vos al menos me entendías. Decime. No me cambies de tema, Mateo. Decime. Para qué me llamaste. Si suena el teléfono y es Mariano te corto, te aviso. Ahora decime. Ahá. ¿Y qué es lo que falta?, no entiendo. Pero ¿por qué se preocupan por el transporte público si van todos en auto a la universidad? Escriben esas bazofias a las que llaman ensayos hablando del cuidado del medio ambiente, pero agarran el auto hasta para ir a comprarse un café. Dale, lo sabés perfectamente. Creen que transporte público es un gusto de helado, por favor, no tienen ni idea

—

Conversaciones

Bueno, reíte. Vos te lo perdés. No, no, no, estás diciendo cualquiera. No te lo dije de una porque pensé lo mismo que vos, que era otro de los cuentos de mi tía. El cuento de la tía, tal cual, sí. No, no creo. Que no me parece que mi tía se haya dedicado a contarle a todo el mundo el mismo cuento, realmente. No me parece. Por favor, Nilo, ya tengo bastante con los llamados de la oficina, ¿puede ser que hablemos como dos personas que se quieren, no sé si se creen, pero al menos que se quieren? No soy melodramática, es que me agotan, realmente me agotan. No te imaginás el quilombo que me vienen haciendo, no te das una idea. Hoy directamente le corté a Mateo. Antes lo mandé a la mierda. Sí, sí, así como me escuchás. Fue rarísimo, como si no fuera yo la que hablaba. ¿Vos te acordás que yo acepté ese puesto porque se suponía que iba a ser la encargada de las publicaciones de la universidad? ¿Vos te acordás o soy la única? Porque ahí adentro parece que nadie se acuerda, nadie, ni por un segundo. Ahora me la paso interrumpiendo los pocos libros que me aprueban para escribirles hasta las prescripciones médicas. Por favor, me tienen harta. Una estupidez, un protocolo para estudiantes extranjeros que no sé ni de dónde sale. No sé, no me importa. Qué pesadilla, por favor. No sos vos, ya lo sé, ya sé. Es que me agotan. Sí, claro. Obvio que les dije. Pero en esa oficina no pueden redactar ni la lista del supermercado sin mí. Me tienen realmente harta. Anoche escribí mi telegrama de renuncia. Me puse a hacer el acta esa y fue lo único que me salió. No, mirá si lo voy a mandar. No sé, qué importa. Lo que te estoy diciendo es que los dedos se me fueron solos y me redactaron la renuncia. Sí, fue muy raro. Después me puse a leer noticias sueltas y lo único que encontraba eran razones para que no solo yo sino todo el mundo renunciara, una renuncia mundial en masa. Ahora que soy terrateniente, claro. No seas tarado. Dale, dormite temprano y mañana te venís a darme una mano. Además acá el lugar es perfecto para que vos trabajes en lo tuyo: hay mesas al sol, a la sombra, hay buena conexión de internet. Te lo juro.

Extravagancias tecnológicas de la loca de Vita, qué sé yo. Y además mirá si es cierto lo de la carta, lo de la guita. Te podés comprar tu propio estudio. Dale, organizate mínimamente y al mediodía te venís para acá. Es que de verdad necesitamos refuerzos, entre lo que cavamos Gloria y yo no alcanza. Y no da para andar llamando a operarios, te imaginarás. Es que sé que esa plata existe. No sé, pero de repente lo sé. Me convencí. Te venís y nos volvemos juntos en auto el domingo, cierra por todos lados. Y si no hay nada, bueno, al menos tomaste un poco de aire, cambiás de ambiente. A Trote la dejás con el paseador, como siempre. No me hagas preguntas de jardín de infantes, Nilo, por favor. Bueno, dale. Pero no te cuelgues porque se nos pasan los días, mirá que el otro lunes yo ya tengo que estar allá sin falta. Esta vez sí. Te espero mañana, dale. Te prometo que te busco en la estación y todo. Es importante, te lo juro. Y además te vas a divertir, creéme.

—

Desde el Más Allá

Hay que reconocer que este Más Allá tiene su gracia, por cierto que sí, aunque sea, como parece,
una gracia a solas, muy a solas, que ni siquiera a
vos, Amiga, te he encontrado en el primer instante,
como creí, como creía mientras me apuraba a morir
también, pero aunque no te encuentre, aunque no
te haya encontrado aún, dejame ir contándote que,
en lo que venía creyendo una soledad total, este Más
Allá me ha deparado una experiencia extraordinaria, me ha sorprendido deparándome una fusión no
de cuerpos ni de mentes ni de planes, todas esas ma-
ravillosas cosas por las que hemos vivido, por las que
hemos celebrado, sino una experiencia de fusión de
voces, un instante de voz bifronte a través del cual
pude comprobar que nuestras andanzas tendrán su
continuado. Así como lo escuchás, sí. Así como lo
escuché, debería decir, porque andaba yo muy atenta a ver de qué se trata esta materia nueva en la que
me ha tocado aterrizar, esta escenografía nunca vista
en la que me toca deambular, y andaba sobre todo
muy atenta a seguir las peripecias de nuestras mu-
chachas y de nuestro Bardo, cómplice crucial si los
hay, muy atenta y muy expectante, que mis esperanzas de contribuir a un mundo más dichoso no

han disminuido en esta nueva forma mía, más bien lo contrario, solo se han vigorizado, retroalimentado, rejuvenecido, andaba en eso, en ver si nuestro grano de arena encontraba una forma de insertarse en la gran cantera, en ese gran teatro del mundo, andaba entusiasta y por momentos devastada, que es tanto lo que se percibe desde acá, tanto que es mucho, demasiado, demasiado primer plano sobre la lacra universal que nos domina, esa hidra que se extiende como una malla de laboriosidad ponzoñosa, andaba en esos vaivenes cuando de pronto, como una cosa del Más Allá, de algún otro Más Allá que no es este, o tal vez sí pero en otra sección, una a la que no llegué todavía, logré que mi voz y la de Lucre se fusionaran, fueran una sola por un momento, o no es que lo logré, más bien se dio, y en ese momento no andaba ella canturreando sola por su cuarto ni deambulando por mi jardín sino teniendo una de esas conversaciones que no debería seguir teniendo más, que no debería seguir teniendo más ni ella ni nadie, esos intercambios abusivos disfrazados de trabajo noble, serio, eficaz, esas charadas con las que ese porcentaje ínfimo de alacranes que domina al mundo intenta camuflar sus estrategias de explotación y de muerte, sus azotes alienantes, y fue ahí, en medio de ese momento álgido, cuando de su boca salieron palabras mías, así como te lo digo, a ese punto puede llegar la influencia que no estaba segura yo de emanar, a ese punto, te lo juro, y en ese momento supe, Amiga querida, estés donde estés, escuches esto cuando sea que lo escuches, que nuestro experimento finalmente encontrará su forma, alguna forma de expandirse que no por ínfima será inocua, que no por acotada será solitaria, que no por extraña será improbable.

—

Y ahora, en este otro instante, mientras penetran la tierra, cavan, socaban, insisten ahí, en mi jardín florido, por una vez las manos de Lucre, siempre tan cuidadas, tan famélicas, tan de manicura constante, tendrán los callos merecidos, los callos de quien trabaja la tierra porque le dará lo que necesita. Plata, mucha plata. Les veo desde acá las espaldas, las espaldas erguidas y, en las manos, los picos y las palas que chuparon tanta sangre, comieron tantos días, arrebataron tantos sueños, generaron tanta prosa lastimera, ahora transformados en herramientas emancipadoras. Y esa perspectiva, sumada al sudor y al ejercicio físico y al contacto con mi jardín frondoso y a la irrupción de mi Bardo querido le van bajando a mi sobrina las barreras de su pensamiento atinado, normativizado, plegado a las supercherías de turno. Plata, mucha plata. Cava y piensa Lucre. Le da culpa y piensa. O ni piensa ya porque, con cada golpe sobre la tierra, sobre las piedras, lo estoy viendo diáfano en este instante, lo que puebla su cabeza no son pensamientos sino fotos, primeros planos de rostros más precisamente, una galería de personajes tomados muy de cerca, todos micos y fantoches, con sus mejores galas algunos, con un estilo despreocupado otros, con bibliotecas o con cuadros cuidando sus espaldas orgullosas, incluso con campos verdes detrás de más espaldas también orgullosas, con anteojos que les cubren o les resaltan las miradas, con semisonrisas forzadas o gestos adustos, compenetrados, personajes a los que de a poco se les van agregando títulos, muchos títulos universitarios, doctorados, especializaciones, entrenamientos, masters, un despliegue de títulos seguidos de nombres de instituciones y de empresas, sobre todo de empresas, y también de marcas, seguidos de nombres de marcas y de hospitales y de clínicas y de laboratorios, nombres de empresarios y de donantes, nombres de becas que se llaman como los donantes, nombres de empresas que a su vez también se llaman como los donantes, nombres de directores que se llaman como los asistentes, nombres de campus que se llaman como políticos, y políticos que sonríen ante el crecimiento de la empresa a la que, campeones del eufemismo como son, llaman universidad, y mi Lucre que por una vez, mientras busca su tesoro enterrado en la isla de mi jardín, mi Lucre que por una vez no mira con suficiencia el trabajo que tanto le costó conseguir, que le costó tanto esfuerzo, tanta pena, tanta muerte encubierta, sino que, empezando a reaccionar su conciencia aletargada, arrebatada, lo mira con rabia, con hartazgo, lo mira y por una vez le resulta imposible ignorar el olor nauseabundo de todo ese sistema en el que se mueve, mira a los cangrejos y a las sanguijuelas que lo habitan bajo una luz nueva y, con la puntería que esa luz nueva le da, clava el pico sobre cada una de esas fotos mentales que pasan por su cabeza, la cabeza de algún jerarca, la testa de algún dueño de multinacionales que se sabe por eso dueño también de cátedras y de becas y de vidas, clava el pico ahí y también en las cabezas de los que integran los séquitos que sostienen, admiran, obedecen. Y mientras hace ese trabajo físico que la reconecta con una energía impensada, una energía que la abre a una dimensión abismal, desde acá las veo, cruza monosílabos con Gloria, que cava por ahí cerca, a unos pocos metros, que cava entonando las líneas de una canción a la que todavía no termina de encontrarle la vuelta. Y entre ellas dos, desde acá lo veo también, moviéndose en círculos, husmeando y ya casi celebrando, circula Bardo, el lomo brilloso al sol, los ojos cómplices, todo él entusiasmado con el movimiento, exultante con esto de que el jardín haya dejado de ser un lugar de paso, un trámite apurado de la tarde y como entonces, cuando yo estaba ahí, vuelva a ser un hogar, un lugar en el que estar, un territorio fundacional, y así, con ese ánimo festivo, unas horas más tarde, cuando empieza a caer el sol, se tiran los tres al pasto exhaustos, agotados los cuerpos, encallecidas las manos, pero vitalizadas las almas que intuyen su pronta liberación. Y sabrás disculparme, Amiga, estés donde estés, si cada vez me escuchás más próxima a las vehemencias verbales de mis padres, de mis padres y de sus amigos, de sus lecturas, esa misma vehemencia que tanto intentaste mitigar pero que acá se impone. Misterios del Más Allá.

—

Y dejame contarte que a la noche de ese mismo día, bienintencionada mi Lucre querida, me da un vuelco el alma de solo verla, no se va a dormir como es deseable ni esperable en alguien que al día siguiente debe seguir cavando por su emancipación sino que se vuelca sobre el escritorio en el que sigue donando su sangre al funcionamiento de la charada general, su sangre y su sueño y su letra. La pobre sigue atada a sus cadenas, necesita más tiempo para romperlas. Le daría un baldazo de agua helada para que reaccione si supiera cómo bajar de acá. Redacta. O lo intenta. Intenta redactar un texto al que le ha puesto de título Discurso de bienvenida. Desde acá, a esta hora de la noche, lo veo nítido. Bostezo de sueño, de aburrimiento, de putridez con solo verla. Se traba la muy esforzada, sus dedos trémulos frente a las teclas. Se mira las ampollas de las manos como si fueran de otro, como si estuviera ahí la culpa de su trabazón. Así de perversos son los mecanismos que nos dominan, las mentiras que nos manipulan. Vuelve mi Lucre a su mesa de trabajo como vuelven las burguesas a las camas de sus maridos, llenas de culpa y de ansiedad, como si el cuerpo de ellas fuera de ese otro, como si la tarde amorosa que vienen de pasar, esa tarde en la que la sangre ha vuelto a correr por sus venas, por sus ánimos, en las que se han entregado a lo que es de ellas y de nadie más, que es su deseo y su vida y su cuerpo, como si todo eso fuera el error, el acto ignominioso que ocultar, o que mejor incluso olvidar desde la cama del yugo matrimonial al que pertenecen, así vuelve Lucre a su escritorio. Pero estoy yo desde acá, desde este Más Allá, están mis quillangos desde ese otro allá, y están mis libros y mis materiales, y está mi jardín frondoso y además está Bardo, y aunque no me contestes sé que estás vos, Amiga querida, cómplice inigualable, sé que estamos conectadas desde nuestros respectivos Más Allá en esta sintonía que nos ha permitido reunir a nuestra prole y que, tarde o temprano, le hará ver a mi Lucrecia la luz, le hará cruzar el umbral de su propio hacinamiento, de su ceguera autoinfligida. Tomará su tiempo, pero nuestro experimento funcionará. Me lo garantizan esos dedos trabados, esas teclas heladas frente al discurso de bienvenida trunco. El señor rector tendrá que esperar, o tendrá que contratar a otro esbirro para que le escriba sus discursos, ya verás, ya verán. Siento una oleada de emoción esperanzadora en el instante en que percibo que las manos de Lucre vuelven a moverse, sí, pero en vez de redactar la frase ingeniosa en la cual el rector recuerda alguna anécdota de sus años universitarios en la que se vea la frescura de los principios pero también la incipiente y tan ensalzada angurria por el éxito, en vez de eso, en vez de redactar la frase en la que el rector se vea como uno más entre ellos, como uno más entre esos nuevos clientes llamados estudiantes, esos pichones de canallas, en vez de redactar ese párrafo inicial las manos trémulas, callosas, redactan un telegrama de renuncia. Instantáneo, automático, como dictado por los dioses, piensa mi Lucre, y asocia el fenómeno con un poeta inglés al que los dioses le dictaban sus líneas en vez de asociarlo con nosotras dos, con esta resonancia electrizante que de dioses y de automática no tuvo nada. Pero vuelve mi alma al vacío cuando veo que hoy, igual que ayer, Lucre vuelve a leer su telegrama de renuncia, lo hace subir y bajar en la pantalla, le cambia palabras, lo lee en voz alta, lo vuelve a leer, lo vuelve a corregir, y después lo borra. Ni rastros deja. Amiga, no me reconocerías en la desazón, pero a ese sitio abyecto he llegado cada vez que desde acá la he visto hacer eso. Y dejame confesarte que me ha tocado atestiguar esa claudicación, he sentido que lo que sea que me sostiene acá se abría, se craquelaba bajo mis pies, se convertía en una fuerza centrífuga que me terminaba de devorar pero no como en un fin de ciclo, ese fin que tanto espero, sino como en una trampa, un traspiés con fondo abismal, una traición, una victoria de las fuerzas del mal, una succión halitósica, una zancadilla soez. Me ha costado reponerme, quiero que lo sepas ahí donde sea el rincón furtivo en el que estés. He tratado de entender, pero no. Desde acá, donde no tengo ya por qué mentir, te lo confieso. He intentado también leer sus pensamientos, pero no, imposible. Por lo visto, en este Más Allá se nos da la capacidad de influenciar ciertos parlamentos, pero no de leer los pensamientos asociados. Qué perniciosa fuerza la mantiene atada a sus deberes, me pregunto. Qué sorda tempestad le impide encontrarse con esa propensión suya a rebelarse que supe conocerle

en su infancia, que me hizo adorarla incondicional-
mente desde que la conozco, esa misma fuerza que
no quiero reconocerle en mi carta, porque mi estrategia, como te imaginarás, como adivinarás, como
pergeñamos, fue azuzarla, provocarla. Pero no alcanza, dejame que lo admita, no lo estoy logrando.
Reviso en mi cabeza las conversaciones que supe
tener con ella, las miles de conversaciones, reviso su
historia, reviso la discusión que tuve con su padre
cuando se enteró del origen de mi dinero y ame-
nazó con denunciarme. Nada alcanza a justificar su
negativa. Solo me queda confiar en que el pico y la
pala que está por retomar ya, en unas pocas horas, la
hagan ver la luz. La conciencia nos llega haciendo,
como vos y yo bien sabemos.

—

Y muy temprano esta mañana veo que un jo-
vencito esquelético abre la puerta del jardín, de mi
jardín, de mi jardín florido, abre la puerta un poco
atemorizado, amordazado por alguna cuestión que
no parece ser esta de estar en terreno completamente
desconocido sino alguna otra, alguna cuestión de los
tiempos prehistóricos que lo ha dejado así, esmirria-
do, con cara de querer y de menospreciar al mismo
tiempo, un niño viejo, un joven que no puede, porque no sabe, acceder al sabor de las cosas, al calor de
las cosas, un snob. No me extraña en lo más mínimo
que sea este tal Nilo. Mira hacia los costados como
un pájaro y, de hecho, aunque él no los perciba, ni

ahora en mi jardín ni antes en ningún otro lugar de los tantos lugares en los que ha andado, en este preciso instante revolotean en su perímetro existencial al menos siete clases de pájaros, todos ellos con su canto, su gorjeo preciso, más tenue por la hora, más rimbombante por la época del año, más preciado por la avidez del *Homo sapiens* que los acorrala; los pájaros, unos más en la fila del paredón de muerte al que van a parar los que no hicieron otra cosa que vivir su vida sin molestar a nadie, a nadie, porque ni siquiera los cuervos, como dicen, ni siquiera ellos. Pero no quiero irme de cuadro, Amiga. Estoy viendo, te contaba, cómo el jovenzuelo adelanta un pie y entonces, desde acá, incluso desde acá veo que esos hermosos zapatos terminados en punta van a entrar en cortocircuito con la superficie del jardín, de mi jardín, con esa superficie y con los rincones, con los montes inesperados, y también veo que sus tobillos son esbeltos, y también veo que Bardo va corriendo hacia él al trote, brioso su lomo y alerta su hocico, alerta y certero tal como le enseñamos, porque con Bardo descubrimos que nadie puede ser tan buen cazador como aquel a quien han querido cazar, aquel cuya raza ha sido injustamente perseguida por los reptiles ponzoñosos que se hacen llamar señores, ministros y doctores, porque no fue de la nada que Bardo fue el gran cómplice en todas nuestras acciones. Acciones, perdón. Jamás con minúsculas. Pero de ellas no hablaré, ni siquiera en este Más Allá que tanta fama tiene de exculparnos de todo. De un cabezazo de Bardo el tal Nilo vuela, vuela justo él, justo él que jamás fue capaz de percibir de qué se trataban todas esas especies de pájaros que vuelan por la ciudad, que se detienen en las copas de los árboles, en los bordes del río, de los riachos, en los techos de las azoteas, justo él que es capaz de confundir un zorzal con una paloma torcaza, justo él, vuela. Llega a estas pampas y vuela, y en ese instante animal, pájaro como ha devenido gracias a la intercesión de un chancho salvaje, algo se desata en su interior, se destraba, se reencuentra con una fuerza ancestral o espacial o vegetal, no sabemos, ni siquiera yo desde acá puedo saberlo, pero lo que sí puedo es constatar ese clic, ese momento de quiebre a partir del cual, me consta ya, el jovenzuelo de zapatos en punta nunca será el mismo después de aterrizar. Tal como aprendió con nosotras, Bardo ahora lo va empujando, le va haciendo presión en distintas partes del cuerpo, un hocicazo entre los homóplatos, otro a la altura de la lumbar, otro en los muslos, y así sucesivamente, hacia arriba y hacia abajo, hacia el extremo izquierdo, hacia el derecho, de manera tal que, como tantas veces antes, esta vez también el cuerpo bípedo pierda su eje habitual y se convierta más bien en un cilindro que gira sobre sí mismo, gira y gira sin parar, gira hasta provocar carcajadas, y entonces me acuerdo de esos rehenes que nos perseguían por todos lados pidiendo por favor otra sesión del avance cilíndrico de Bardo, pero, insisto, no quiero irme de cuadro, Amiga, vuelvo a lo que estoy viendo desde este ángulo mío, quién sabe qué desde el tuyo, y te cuento que gira el tal

Nilo sin control, sin ataduras, gira con gusto, con frenesí, con ansia loca, gira como felizmente mareado y así es que, en este jardín, mi jardín frondoso, choca contra los cuerpos de nuestras chicas, de Lucre y de Gloria, que en ese momento reposan en el verde exhaustas, felices, desbordadas de asombro y de dicha. Era cierto, era cierto, le grita Lucre como si él hubiese sido parte de la cuadrilla de tres que transpira desde hace días con el pico y la pala, de la cuadrilla humano animal que acaba de encontrar finalmente nuestro legado, nuestra ofrenda, el dinero en serio, le grita como si él hubiese estado ahí desde un inicio o como si no estuviera ahora ahí mismo despatarrado como está, teñido de verde pasto su saco entallado, perdido vaya a saber dónde uno de sus zapatos de cuero ecológico, de color deliberadamente indefinido, despanzurrado su bolsito de proporciones acotadas, trastocado su interior como si lo hubiesen operado del corazón y del hígado y del páncreas a órganos abiertos y a la vez, trastocado íntegramente, abducido por una fuerza extraña de la naturaleza a la que quién sabe si algún día podrá ponerle nombre. Gloria le convida a Bardo uno de esos ratones frescos, uno de esos bocados premio que le indican que ya está, que su labor está cumplida, y yo me enorgullezco Amiga querida, en el lugar del éter en el que estés, me enorgullezco de que tu estirpe y la mía nos hagan el honor que nos merecemos.

La pasajera

No ve nada y la música está muy fuerte. Le gustaría que la ecuación fuera la contraria. Busca un lugar donde acomodarse. No quiere empezar con sus fobias, no justo en este instante. Gloria le habló de una sorpresa que no puede perderse. Un rato nada más, se dice, mientras sigue buscando un lugar, que mañana tiene que madrugar, que volver a esa ciudad en la que ahora no sabe bien qué hará. Un rato nada más como para que Gloria la vea ahí entre el público, como para agradecerle lo que ha hecho por ella, y después a dormir temprano. Te juro que no me voy a ir antes de la sorpresa, le prometió, pero quién confirma una promesa cumplida en medio de esa aglomeración. Sigue tanteando, sigue buscando. Escucha un grito muy próximo, demasiado próximo. Le acaba de pisar un dedo, dice un chico de pelo revuelto. Y la manda a ponerse los anteojos. O eso cree escuchar. Lucrecia pide disculpas. Se da cuenta de que, como el chico pisado, como tantos otros en ese lugar, como todos en realidad, debería sentarse en el suelo. Pero dónde unos centímetros cuadrados para ella, dónde. Este lugar es como una cueva. Otro grito. Otro dedo, supone, y entonces da tres pasos decididos, como para no tener que andar pidiendo disculpas cada dos segundos, como para pisar todos los dedos que haga falta en el menor tiempo posible y así, entre gritos por sus pisotones y gritos por lo que sucede en el escenario, llega, precisamente, al borde del escenario. Que viene a ser, por lo que alcanza a adivinar, una elevación del suelo, una tarima de madera. Una tabla para la náufraga que es ella en este concierto. Ahí, en esos bordes, se acomoda, y desde ahí mira cómo salta Gloria unos centímetros más arriba, mientras canta. Ella y su banda le resultan casi irreconocibles, y no precisamente porque no vea nada, que ya sus pupilas se adaptaron a la luz de cueva, sino porque están vestidos muy distinto, o maquillados, o transformados de alguna manera. Parecen una banda de Manchester de los ochenta. Más Chancho Serás Vos. Lucrecia no sabe adónde piensan llegar con ese nombre, pero cree que es lo primero que un mánager les sugeriría cambiar. Es un nombre inspirado en todos los imbéciles que me gritan cosas por la calle cuando paseo con Bardo, le explicó Gloria. No hay mayor dicha que convertir la estupidez de los otros en inspiración, querida, hasta esta niña lo aprendió antes. Lucrecia se da vuelta, o lo intenta, porque darse vuelta le resulta imposible en ese conglomerado de cuerpos en el que ha quedado inmersa. Por un segundo puede jurar que Vita está ahí, que es de ella uno de esos dedos que pisó. Desestima la intención de chequear, y se predispone a escuchar. El bajo no está nada mal, comprueba. Realmente empuja. Nunca se imaginó que ese longilíneo tendría esa técnica. Es el más opacado entre los Más Chancho Serás Vos, sin duda, y sin embargo, o tal vez justamente por eso, acá, en la tarima, saca esas notas tan impensadas, tan oscuras. Tal vez siempre habla tan poco porque escucha, porque afina mientras todos a su alrededor hablan. O tal vez porque no tenga nada que decir, que es lo que Lucrecia pensó todas las veces que Gloria lo llevó a lo de Vita. Dónde habrán aprendido a tocar estos chicos, se pregunta, por primera vez. Cierto que ellos le hablaron de su música, de esta banda, pero la verdad es que en el fondo no les prestó la menor atención. Unos chicos simpáticos que sabían preparar rica pasta y que pasaban por ahí para que ella no tuviera que comer sola, eso es todo lo que había logrado pensar acerca del grupete de Gloria. Y para que Bardo pudiera pasear de noche por el jardín, que tanto le gusta, que tanto les gusta debería decir a esta altura, porque a Lucrecia se le llegó a hacer costumbre acompañarlo en esas rondas nocturnas en las que los árboles suenan, como electrizados por la noche, y en las que el cielo tiene otros designios, otra textura. Increíble que haya pasado en este pueblo solo una semana, a Lucrecia le parecen años, un tiempo que no sabe mesurar, casi otra vida. Aturdida y apretujada como está, algo en ella reconoce que esa otra vida no está nada mal. A los ciervos, a los huemules, a los zorros, a lo que pase, dispárenles al centro del corazón, para eso están. Y ya que están, ya que están, dispárenle a Gwen, a Gwen también. A las perdices, a las liebres, a las golondrinas, a lo que pase, dispárenles al centro del corazón, para eso están. Y ya que están, ya que están, dispárenle a Gwen, a Gwen también. Canta serenita Gloria por unos segundos y después vuelve a saltar, como convulsa, el pelo plateado. Lucrecia se acuerda de la fascinación con la que le habló de la tal Gwen, aunque ahora no se acuerda del apellido, una inglesa que organizó los primeros sabotajes contra cazadores de fauna autóctona, y que eligió eso de atrincherarse en un pozo como modo de protesta. Para qué, para qué, sigue cantando Gloria. Para despreciar, para someter. En sus sueños de corderos sacrificiales, en sus noches desveladas de males, dispárenle a Gwen, a Gwen también. Y ya que están, ya que están, dispárenle a Gwen, a Gwen también. Lucrecia se pregunta si esa letra sería la sorpresa que no tenía que perderse mientras va siendo succionada por los acordes que, a su alrededor, capturan toda la atmósfera, y que se superponen además a los olores ácidos del taller mecánico en el que se convierte esta cueva durante el día, olor de aceite renegrido, saturado, y a las formas angulares de herramientas que ahora, con la vista aun más aguzada, Lucrecia ve colgadas por todos lados, en las paredes, en los estantes, en una plancha que está al final de la tarima, una plancha como de fondo escenográfico, de película soviética, llena de colores metálicos, una serie de superposiciones que arman esta atmósfera envolvente en la que ella, ahora, es una más entre esos cuerpos apretujados, ese calor, esos estribillos que la dejan como en suspenso, en otro estado, uno extraño, irreconocible, molesto, eufórico, tenue, delicioso, una especie de fundición como la que debe hacerse en ese mismo taller con alguna de esas herramientas, una fundición que la deja pegada a estos cuerpos calurosos, pegada no, más bien ligada, amparada, acunada, entregada, conectada, vos viste, querida, que las palabras que no conjugan con uno a veces nos deparan sus buenas sorpresas, cree escuchar, cierto, contesta, cierto, cierto, cierto, murmura, ahora sin intentar darse vuelta porque en ese estado no le parece necesario confirmar si la ve a Vita cuando le habla, como tampoco necesita confirmar si es cierta la historia que contó el otro día el chico de la banda que ahora canta otra canción, el traductor, el que lleva a los gringos cazadores, este chico que aprendió inglés acá mismo en este taller, durante las siestas, con una alemana que había llegado a la zona con su marido, una alemana tierna y aburrida que lo dejaba saber y tocar y probar y que además le enseñaba inglés, porque ese era el trato que sus padres a veces supervisaban, pero casi nunca, porque la siesta es sagrada, y este chico, el traductor, que ahora agarra el micrófono y canta y canta en inglés, un inglés sin acento alemán, un inglés con acento de rock, un idioma que se escurre por sus manos blancas, su boca roja, por todo el cuerpo que se mueve como espástico, como ido, como movido por hilos mecánicos desde el centro de alguna ciudad que se pronuncia apoyando la lengua en el paladar, y así, cantando, bailando, descentrando, el traductor hace como un acertijo, cambia la pulsión que estaba en sus manos largas y blancas y pasa a los pies, a los tacos de sus zapatos en punta, los zapatos que Nilo le prestó sin haber imaginado nunca antes que algún día iban a estar marcando el ritmo en una cueva con olor a ácido, un ritmo que se despliega y se extiende contra las paredes, contra el techo, y que vuelve a rebotar, un movimiento auditivo como el de una nave espacial extasiada entre galaxias que creía desconocidas, que sintoniza un nuevo timbre, una nueva dimensión, o al menos así le parece a Lucrecia, que jamás en su vida había estado en un concierto como ese, y que ahora aplaude como el resto de los que están ahí aunque, a diferencia del resto, no sabe a qué se refiere Gloria cuando pega un grito, más bien un alarido ancestral, gutural, pega un grito que arma un paradójico instante de silencio, y entonces, pasado ese instante, dice que ahora se preparen, y que se preparen bien para recibir a su estrella, su musa inspiradora, su mantra, y algunas otras cosas más que Lucrecia no alcanza a escuchar porque de pronto la cueva estalla con los gritos y aplausos de todo el mundo a su alrededor, con los aullidos, las palmas y los silbidos que van en un crescendo anticipatorio mientras, desde una puertita trasera, trotando como entre nubes, aparece Bardo, aparece con un fondo de doble bombo y crashes de batería y con juegos de luces que se entrecruzan y le resaltan el brillo del lomo, que de pronto se ve azulado, un gris azulado de diseño italiano, de pronto amarronado como ese aceite de las herramientas, de pronto metálico, fluorescente, un animal proteico con una semisonrisa en la comisura de los labios que Lucrecia ve por primera vez porque, sentada en el suelo, lo ve desde una perspectiva nueva, desde una proximidad inquietante, un ángulo y un punto de desprotección que de pronto le recuerdan el día en que lo conoció, un bólido de fuerza antes de ser un animal, una amenaza antes de ser una compañía nocturna, un cómplice, y desde esa proximidad Bardo se instala para emitir un rugido feroz, de fiera acorralante, al que le siguen aplausos todavía más fervorosos, y después chillidos, chillidos de todo el mundo en la cueva y de Bardo también, una especie de comunidad estentórea, y la base que ahora acompaña muy suave desde atrás, como replegándose, como sosteniendo, como propiciando ese grito conjunto, ese clamor que después va bajando, siempre con fondo de batería tenue, la marea humana moviéndose lentamente mientras la interpretación de Bardo deriva hacia unos gruñidos más tenues y más regulares, de ensimismamiento, los gruñidos que emitiría si se dedicara a un oficio solitario, los mismos que emitiría si tuviera que dormir a sus criaturas jabalíes, algo así alcanza a pensar Lucrecia mientras entra en una zona de encantamiento gracias a la cual puede escuchar sin estar a la vez haciendo comentarios mentales de edición, sin estar afilando su stiletto, puede simplemente escuchar la letra del tema que sigue, uno que Gloria presenta como Oda a mis pezuñas, y que tiene en el estribillo un verso que repite el nombre del grupo, un estribillo que cantan todas las voces a su alrededor, y que Lucrecia capta y se dispone a cantar también justo cuando siente un peso que se le viene encima, una mole, una avalancha humana, pero no es tal cosa sino el mismísimo Bardo que ahora, terminada su función, reclama su espacio entre el público, y que por lo visto piensa que ese espacio es ahí, al lado de ella, más bien pegado a ella, y que insiste en hacerse un lugar con sus ancas, con su hocico, con sus gruñidos, y que lo logra, y entonces apoya la cabeza en sus muslos, los colmillos apaciguados, la semisonrisa más marcada que nunca, y así es que se entrega al resto del concierto, así es que descansa de su momento estelar, roncando como si alrededor todo fuera calma, como si hubiese llegado a un lugar muy conocido que justo estaba extrañando.

Acto único

Escritorio de Lucrecia. Fin de la tarde. Luz muy tenue a pesar de los ventanales inmensos. Al foro, un cuadro de casi dos por dos protagonizado por una mujer con cara de niña vieja, de ninfa alcoholizada en medio de la decadencia de un verano. Estantes de nogal plagados de libros en el lateral izquierdo y en el derecho también. Muchos. Fotografía y cine, sobre todo. Narrativa, ensayo y poesía también. Y catálogos de muestras. Fundamentalmente, apellidos europeos y argentinos en los lomos. Algunos latinoamericanos, algunos japoneses. También chinos y rusos y africanos. No son esos orígenes los que los ordenan, sino el alfabeto. Riguroso. No siguen solo la primera letra de un apellido, sino la segunda y la tercera también. A Anatole Saderman, por ejemplo, le siguen Grete Stern e Hiroshi Sugimoto. Todo lo contrario al rigor, en cambio, se aplica a los libros que hay también en el suelo, y en la mesa del escritorio, y en unas tres mesitas aledañas de resonancias orientales, ejemplares desparramados, apoyados hacia abajo abiertos o hacia arriba con algún objeto apoyado encima para señalar una página, un pasaje, un dibujo. Solamente dos ejemplares están ubicados en pequeños atriles hechos de un metal muy pulido. Uno se llama *La ciudad de los locos*, y es de Juan José de Soiza Reilly, un periodista nacido en algún lugar entre la Mesopotamia argentina y el Uruguay; el otro se llama *La ciudad anarquista americana*, y es de Pierre Quiroule, seudónimo de Joaquín Alejo Falconnet, un francés que se instaló en la Argentina desde muy chico. Los dos libros fueron originalmente publicados en 1914, los dos son utopías. Se trata de los dos libros que Vita dejó en su mesa de luz. En el primero hay subrayados párrafos como estos:

- "Huiremos todos. Fundaremos, allá lejos, una nueva ciudad. Será una genial Locópolis. Será más célebre que Atenas. Más fuerte que Roma. Más bella que Constantinopla. Más artística y fina que París. El alma de nuestra ciudad no será el arte. Ni el comercio. Ni el pecado. Será la locura. A cada uno de nosotros se le dará la ocupación que prefiera. Cada cual expondrá sus ideas y, aunque sean contradictorias, serán aceptadas. La contradicción es la madre de la luz. Nuestras manías y nuestras locuras serán aprovechadas como fuerza motriz".

- "Cuando desapareció el último hombre, comenzaron a reinar en Locópolis los seres del porvenir. Eran una mezcla de orangutanes, hombres y asnos".

En el segundo, hay señalados otros como estos:

- "Trabajar sí, puesto que el trabajo era necesario para asegurar a todos el bienestar y su corolario, la alegría, fuente de concordia y fraternal expansión, pero no hacerlo, como antes, encadenado a una monótona y aburrida ocupación única, a la odiosa labor continua y a la autómata actividad de hora fija".

- "Sí, todo es ilusión en las grandes ciudades, todo,

hasta la salud, que no tenemos, hasta el aire que respiramos, viciado por los miasmas y las pestilencias de la calzada. [...] ¿Ven esos edificios colosales que se levantan, soberbios, muy altos por encima de las modestas casas que los rodean, como aplastándolas con su mole enorme, estos edificios estupendos que, atónito, contempla el forastero, confundido ante tanta ciencia de ingeniería y atrevidez de concepción, y que son uno de los principales motivos de orgullo de las grandes ciudades actuales? Pues, contra ellos, cientos de puños se levantan, traduciendo en gesto de rabia impotente la desesperación de los desgraciados seres que viven en su base privados de luz, de aire y de sol, en las miserables chozas envueltas en la fría sombra que proyecta sobre ellas el criminal coloso, sembrador de tristeza, de tuberculosis y de muerte".

- "Los ácratas, enriquecida su sangre por un sistema de vida más racional y natural, rejuvenecido el organismo por su nueva condición de personas libres y felices, e iniciándose sin violencia en el arte de cuidar y conservar la propia salud, se habían librado paulatinamente de la casi totalidad de sus antiguas dolencias y, cuando por casualidad alguna afección o enfermedad pasajera, debida más a imprudencia del paciente que a otra causa, condenaba a inacción a alguno de ellos, quedábase el enfermo en su habitación, donde amigos de ambos sexos lo visitaban y cuidaban, haciendo obra de solidaridad, retribuida de la misma manera cuando ellos se hallaban en igual situación. [...] En las comunas anarquistas, el arte de curar no servía para prolongar indefinidamente el estado anormal del paciente, con la criminal e indigna intención de lucrarse con sus dolores".

Y en este último ejemplar hay también un mapa de una ciudad utópica.

Involuntariamente protegida o cercada por todo ese material, está Lucrecia, que garabatea algo con la mirada fija en la pantalla de una laptop ultraliviana. Tiene en la piel ese color amarillento tiza de las personas que hace mucho no toman aire, no se mueven, no conversan. Hoy, como ayer, como hace tanto tiempo ya, desde que volvió a la ciudad, pasa el día encerrada en su escritorio. Desde la oficina se han cansado de llamarla, Nilo se ha cansado de insistirle. Se limita a dejarle alimentos a mano. Lucrecia solo deja la puerta abierta a la noche para que entre Bardo, que ha venido con Gloria y su banda a instalarse en la ciudad, y vuelve a cerrarla detrás de él. Fuera de eso, su contacto con otros es nulo. En este acto único y recurrente solo se la ve leer, tomar notas, dormitar, comer platos que encarga, buscar cosas en la web. Y de vez en cuando, como ahora, se la ve detenerse en alguna noticia que encuentra precisamente ahí, en la web, y pasar a garabatear algo en un archivo aparte. Flashes le ha puesto de título.

Flashes

Rescate faraónico. Sobreviven dos de los mineros atrapados en la Cordillera

Me quedo. Notifico que me quedo. Acá abajo, sí. Suban ustedes. Ya. Ahora. En cuanto vengan los refuerzos, suban. Corriendo. No se sabe cuánto van a tardar estas paredes en volverse escombros, tierra, un pozo menos, una fosa más. No estoy loco, no. Simplemente, me quedo. No quiero subir a darles las gracias a las autoridades, a sonreírles a los periodistas, no quiero. Me quedo. Hay agua y comida para una semana. Vamos a ver qué decide mi final: si estas provisiones o estas paredes. A las dos opciones les digo: bienvenidas. A otras posibles, porque uno nunca termina de saber, les digo lo mismo. Bienvenidas al inframundo, donde siempre hemos estado. Pero hay otro inframundo más, y ahí yo no subo. Corran, suban ustedes dos. En cuanto lleguen, en cuanto los socorristas logren terminar de bajar la cápsula. Se montan y se van. Se montan en la cápsula porque la escalera reglamentaria no estaba, no se olviden. Tal vez hasta se animen a decirlo. Yo no quiero. Sé adónde han ido siempre mis palabras. Lamento arruinarles el número. Tres seríamos más míticos. Tres se traduciría en más abrazos, más flashes. Más giras, incluso, ¿por qué no? Tres remitiría más fácilmente a los treinta y tres que se quedaron también atrapados en esa mina allá, del otro lado de la cordillera. Una rápida asociación, un director que justo buscaba una idea, una productora que justo buscaba otra y, de pronto, también nosotros, de pronto, estrellas de cine, fotos de portada, hoteles con jacuzzi. Estamos bien los 33, escribieron en ese cartoncito nuestros colegas trasandinos. ¿Se acuerdan? Estamos bien. Hacinados a 800 metros, un día, otro, semanas, un día, otro, un mes, otro, un año, una vida. Estamos bien. Siempre me pregunté por qué no escribieron estamos vivos. Porque eso era lo que hacía falta para que los rescataran con urgencia: que se supiera que estaban vivos. Pero vivos es para rugbiers, como esos que se quedaron atrapados en el hielo cuando el avión se cayó en esta misma cordillera, la que nos separa de nuestros colegas chilenos. Para nosotros, los mineros, con vivos no alcanza. Tenemos que decir que estamos bien, que quiere decir vivos, pero además obedientes. Bien, bien, estamos bien. Bien, bien, mande usted. Bien, bien, trabajamos en condiciones insalubres, pero estamos bien. Bien, bien, no se discuten los términos de la legislación que nos compete desde hace décadas, pero estamos bien. Bien, bien, venimos de una cultura que solía honrar la tierra y ahora nos ganamos la vida exterminando la tierra para otros, pero estamos bien. Bien, bien, vamos a abrazar al mismo gobernante que nos hundió en esta tumba, vamos a asegurarle poder eterno. Bien, bien, mande usted. Ahora entiendo. Recién ahora entiendo por qué escribieron ese cartel así. Instinto de supervivencia lo llaman. Ahora entiendo. Las cosas que uno termina de ver si se queda un tiempo sentado, tranquilo. Como yo, como nosotros acá en el fondo de esta cueva. Estamos rodeados de oro, ¿sabían? Somos ricos. ¿Qué tal si ponemos eso en un cartel, ahora que tenemos a los socorristas a nuestra disposición? Y a los medios. A los locales y, a esta altura, quién sabe si no ya a algunos internacionales también. Somos ricos. No les convence. No estamos para ironías. Ni nosotros ni nadie. El mundo no está para ironías. Pongamos entonces que prefiero morir enterrado vivo. Y que acá no hay épica, sino réplica. Suban ustedes. Yo me quedo.

Patrimonio en peligro. Reconocido anticuario declara en Tribunales

Lo que está en esta bolsa, y después nunca más. Olvídese. Tase, tase. Diga el número que quiera, como siempre. Diga otro más alto si justo ve entrar a alguno de sus clientes tan finos por la puerta, diga lo primero que se le pase por la cabeza, pero dígalo sabiendo que este es el último lote. Que nunca más. Y absténgase de denunciarme, porque entonces tendría que denunciarlo yo también, y usted sabe bien que tengo material muy rico, muy jugoso. Lo que darían los diarios importantes por algo así. Con todos los nombres que le podría adosar a la noticia, con todas sus conexiones. Tase, tase, que tengo que irme. Adónde no sé, y si lo supiera, ni soñando se lo diría. Le tiemblan los labios esta vez, no crea que no me doy cuenta. En vez de una cifra, un temblor. En vez de una miseria, un castañeo. Lo veo, lo escucho casi. Es que el huaqueo nos vuelve muy sensibles. Eso de calcular cómo cavar en el lugar justo, a la hora justa. Eso de tomar las piezas con la presión justa. Esas mismas que usted apenas mira antes de ordenar que las monten en sus vidrieras de lujo. He pasado noches sin dormir con esas piezas en mi mente, en mi alma. Una de ellas, mi favorita, era pálida y tenía los brazos abiertos, bien abiertos, como predispuesta al mundo. Otra tenía la forma de un jaguar, un animal enloquecido por vaya uno a saber qué visión. No sé, pero yo también las llegué a entrever en alguna noche de tormenta. Por eso, tase lo que está en esta bolsa y nunca más. Los paisanos somos gente sensible, mire, aun cuando vengamos a la ciudad. Seguimos sensibles. No tanto como para dejar de robar huacos, cierto. Usted siempre rápido para las respuestas. Pero absténgase. Tengo material muy rico, no se olvide. Los paisanos también vemos televisión, vemos cómo va cualquiera a vender cualquier historia. Lo que darían por las que yo tengo para contarles. Aunque me autoincriminen, sí. Al menos tendría un lugar seguro adonde ir. Tase, tase, no nos demoremos más. Son cuatro piezas esta vez. No hay tiempo para que me diga que tiene que conversarlo con su socio. Tendrá que ser sin vueltas esta vez. Diga, tase, diga, que para usted son la misma cosa. ¿O acaso se me ha quedado mudo? No me mienta, que si hay algo que a usted le inspira la charla son las operaciones de venta. Toma whisky con sus amigos ricos mientras simula que le interesa la política, les hace de confidente a sus esposas cuando ellas se quiebran. Todo para vender. O para comprar, si es que así podemos llamar a lo que hizo conmigo durante todos estos años. Tase, diga, vamos, no se apichone. ¿Por qué se me queda mudo? Recién ahora se da cuenta de lo importante que era mi función, es eso. A quién convencer ahora de huaquear para otro, a quién mantener en silencio bajo la presión de las nuevas leyes, de las nuevas sensibilidades, a quién arreglar con migajas. Conozco mi terreno, conozco a mis pares. Lo veo difícil al futuro, está en lo cierto en temer. Es que leí las nuevas regulaciones con respecto a esto del patrimonio, ¿sabe? A los paisanos se nos da por leer de vez en cuando. Entendí poco, pero lo suficiente como para saber que mi negocio ya no es este. Salga de su sorpresa como pueda y arrégleselas del mismo modo. Tase, diga. Tase, diga. Y absténgase de cualquier otra cosa más. Al menos conmigo.

Temporada de esquí. Encuentran congelado al sillero desaparecido

En un rato tienen que darse cuenta, alguien tiene que darse cuenta. Quién estaba a cargo de desactivar los controles hoy, quién. El Chueco podría darse cuenta. Los otros no sé. No sé. No puedo pensar. En eso. En otra cosa. Pensar en otra cosa. Cómo, con este frío. Cómo, así. Cómo, acá. Cómo pueden haber desconectado el circuito sin darse cuenta de que todavía había alguien en una aerosilla. Cómo. Quién. Y este teléfono que no agarra la señal ni de casualidad. Ahora en otra cosa. Pensar en otra cosa. Después veré. Cuando baje de acá. Cuando alguien me rescate. Más de veinte años trabajando en la montaña y me viene a pasar esto ahora. Los años no sirven de nada, la experiencia tampoco. Puros cuentos de viejos, puro chamuyo de jefe. Pensar que creí que con los nuevos todo iba a cambiar. Qué imbécil. Por el equipo, porque por primera vez en mi vida me dieron un equipo para subir a trabajar. Por este equipo que ahora no me sirve de nada, ni para sacarme este frío, ni para llamar a alguien, ni para avisarle al que se olvidó de chequear que sí, que chequee, y que lo haga pronto porque alguien, que vengo a ser yo, alguien, que viene a ser un compañero de trabajo, un hermano de la montaña, toda esa mística que tanto abunda entre andinistas y afines, ese alguien, este alguien, quedó acá varado en esta silla a miles de metros de altura. Los veo, los presiento. No hace falta que mire para abajo. No mires. No mirar para abajo, no, no. No ceder a esa tentación. No hace falta, conozco el terreno. Veinte años trabajando acá, allá, donde sea, siempre en la nieve. Qué tal, señora, qué tal, señor. Melisa, Mel con el paso de los días. Carlos, Carlitos con el paso de los días. Luciana, Luci. Miranda, Mir. Rosendo, Rosen. Mike, Mike. A veces los nombres no dan. Pero me esfuerzo con las apócopes para que sepan que los reconozco, para que crean que cerca de la naturaleza la gente es más buena, para que me dejen buenas propinas. Hoy están lindas las pistas, sí. Acá, a ver. A ver. Nos acomodamos bien. Se ponen de acuerdo y bajamos la baranda. A ver, así, perfecto. Que lo pasen bien. Después me cuentan. Buenos esquíes, muy buenos. De dónde los trajiste. Capo total. Bien, que lo pases bien. Por qué, por qué esas sillas no se pararon cuando llevaban a alguno de esos que me tocan cada temporada, alguno de esos desesperados por que les pase algo en la vida. Vienen a tirarse de la montaña para sentir vértigo. Vértigo es estar acá, con la noche que cae, la nieve que engorda. Vértigo es estar en una caseta siempre. Solo. Sin compañía ni seguro social. Casetas de madera tan frágil, tan inconclusa, madera porosa, casetas que dejan pasar el viento. Y adentro yo. Descansando, dicen. Ahí está descansando. Quién puede descansar con ese frío, quién. Hagan la prueba. Ustedes, allá, donde sea que estén. Hagan la prueba. No la de tirarse por la montaña con equipos coloridos. La prueba de la caseta hagan. Sin calefacción. Nunca. Al borde de la hipotermia he estado también allá en tierra, conozco cómo empieza. No pensar ahora en eso. No ahora, no, no, no. La entrega empieza en el cerebro, en la postura. Frases de instructor. Si al menos hubiese sido instructor en estos centros de esquí, si al menos. Los veo pasar, yo, desde mi puesto. Siempre deslizándose, siempre dientes alineados. Y yo con mis dientes carcomidos de tanto castañear. El frío como un roedor que me ha entumecido los huesos y carcomido los dientes. No puedo sonreírles ya, Mike, Mel, ya no, porque los dientes ahuecados les darían impresión. No estaría contribuyendo al espíritu de aventura. No estaría fijando un buen precio de propina. Me concentro más en rastrillar, pisar bien la nieve cuando ya todos subieron. Y cuando bajaron también. Más mirando para abajo, más al servicio del suelo. Así voy los últimos años. Gracias a eso conozco el momento en el que la nieve cambia de color cuando el viento la trae de pronto, como obligada; cambia de color como furiosa, como altanera. Se aprende mucho mirando para abajo. Pero ahora no. Desde acá arriba no. La entrega en el cerebro, la prueba de la caseta. No confundirme. No dejarme ir. Nieve mía, nieve de mis sueños. No me tientes para mal. Nos conocemos. Rastrillar y alisar después de que los esquiadores pasen. Apenas unos metros cuadrados. No es conmigo que tenés que tomar revancha, no. Deberías recibirme en tus brazos. Entender la diferencia. No soy uno de esos que jamás, adentro de esos trajes de astronauta, supo cuál es tu tono, tu verdadera temperatura, el frío a secas. Denuncio estado de abandono. Y calculo cómo saltar. Sin mirar hacia abajo, puedo calcular perfectamente. Más hacia esa hondonada. Más hacia allá, hacia acá. Qué capacidad de maniobra tendrá este cuerpo de huesos congelados al caer, cuál, qué. Quién. Quién me lo puede decir. Quién me vendrá a rescatar. Quién. Quién desconectó todo y se fue. Quién no es capaz de acordarse mientras la noche avanza. Quién me asegura que la hipotermia de la que espero salvarme al saltar no me esperará allá abajo, también, entre los remolinos.

Diplomagate. Siguen apareciendo hipótesis que avalan atentado tripartido

Quisiera estar muerto. Así terminaba el cuento. Así termina, porque hay frases que, una vez leídas, quedan siempre ahí, orbitando en la cabeza, en un presente eterno. Antes de esa frase, el cuento, que es de un autor inglés de principios del veinte, dice que alguien se está yendo de una fiesta. Un criado le entrega el sobretodo en la puerta. Y ese mismo alguien, mientras se va caminando, piensa que todo ha estado muy bien, riquísimo, maravilloso. La gente, extraordinaria. Repasa cuánto se han impresionado todos con sus comentarios acerca de filosofía y negocios. Y cómo se rieron cuando imitó los sonidos de un cerdo. Así, rememorando la fiesta en la que acaba de estar, sigue internándose en la noche. Hay una enumeración de otros aciertos que no recuerdo. Creo. Sí, en cambio, me acuerdo bien de que de pronto esos aciertos se ven interrumpidos por esa frase, aquella, esa frase que ahora ya es mía. Quisiera estar muerto. Dios mío, es horrible, dice antes. Yo la digo todo el tiempo, pero sin introducción. Directa. Dios mío, quisiera estar muerto. El horrible queda sobreentendido. La repito mentalmente en todas y cada una de las comidas a las que me somete mi trabajo. Diplomático, brillos en los ojos de quien sea. De mis padres primero, de mis amantes después. Ni las personas más estrafalarias se sustraen al encanto de mi profesión. Si supieran que no consiste en otra cosa que en ser un buen anfitrión. Mirtha Legrand en el extranjero. Tirar la frase obvia que parece provocadora. China sí sabría cómo resolverlo, por ejemplo. Hay que empezar a pensar por fuera de las anteojeras europeizantes, por ejemplo. Ese tipo de cosas. Nada que no pueda encontrarse en los comentarios de lectores de cualquier columna periodística, pero eso no importa. La clave está en que sea un tema acerca del cual todos en la mesa puedan decir algo. Y cómo lo dicen. Y cómo. Se enfervorizan, se ensañan, se muestran los dientes. Hay rastros de circo romano en el funcionamiento de los invitados protocolares. La frase va siendo arrinconada como víctima, despedazada. Y yo que, gracias a ella, puedo tener la cabeza en cualquier lado. Algunos minutos al menos. Menos mal que me casé con Juan, que los maneja perfectamente. Por un movimiento de sus cejas es que sé cuándo tengo que volver a tirar alguna otra de mis frases. Le debo eso y le debo también que me hayan raleado de los grandes destinos, que me hayan enterrado en Medio Oriente. Bingo: ninguna victoria es más dulce que la insospechada por los otros. Las cejas de Juan, disculpas. Me llaman al orden. La que no pueden perderse es *Patrick Melrose*, escucho. Hemos pasado al momento espectáculos, parece. Por fin un escritor tiene una vida interesante para contar. Ya he dicho mi frase. Discuten el estatuto de lo autobiográfico. Para resumirlo de alguna manera, digo. Queda claro que estos champañeros hablan en otros términos. Prefiero parafrasear. Alaban la dirección de arte. Y la actuación, las actuaciones. Babean por Benedict Cumberbatch cuando el que realmente descolla es Hugo Weaving. Alguien quiere elogiar a la actriz india que hace de yanqui pero no le sale el nombre. Le diría que Indira Varma no es india, sino británica, pero. Dios mío. Alguien se jacta de haber leído la novela. Qué antigüedad, dicen otros. Y pasan a la ópera. Estrenos en Londres, en Bayreuth, en Berlín. Dios mío. Siguen tomando espumante como si mañana se acabara el mundo. También yo, claro. De qué otra forma podría soportarlos. De qué otra forma que no fuera esa y mis idas al baño. Que no son nada comparadas con las del amigo Melrose, claro. La diplomacia debería ser considerada trabajo insalubre porque claramente no se tolera sin un alto consumo de drogas duras. Las cejas de Juan se elevan, pero pareciera que esta vez no es para que hable, sino para que calle. Por lo visto, lo que creí que estaba solo en mi cabeza se convirtió en frase que echó a rodar. Me ha pasado un par de veces últimamente. Frases sin control. Hasta creo que hay un nombre de síndrome para eso. Me pongo a argumentar, retroceder jamás. Y argumento bien, con detalles. Es algo que algunos en mi carrera sabemos hacer. Con detalles y con nombres. De lugares, de personas. Con detalles y con citas bibliográficas. De tratados internacionales, de pactos secretos. Aprovecho que justo hoy nos visitan el canciller de este país y también del mío para explayarme. Juan se ha levantado de la mesa. Otras de las personas invitadas miran para abajo. Los ministros se aferran a sus servilletas. Dios mío. Quisiera estar muerto.

Conmoción preelectoral. Pronóstico reservado en filas opositoras

Impugno el instante mismo, el primero, el constitutivo. No existo, no existiré. Se acabó lo que se daba.
No me esperen. A mi madre, a la que se hace llamar
así, la veo, la veo por dentro, veo desde sus entrañas el tipo de mezquindad que la habita. Y además
la escucho. Ayer mismo le dio un reportaje a un
periodista. Qué divina estás. Mami no llegó hasta
acá siendo una tonta cualquiera, eso está claro. Si
no fuera por que me quiere trabajando desde ahora,
hasta la felicitaría. Le sonreía ayer al periodista y
se acariciaba la panza. Qué tierna. Siete meses ya y
estás flaquísima. Mami seguía sonriendo. Yo podía
sentir el recorrido de su mano. Y hasta casi logré es-
quivarla. La mano iba para la derecha y yo pataleaba
para la izquierda, mano para arriba y yo para abajo,
y así sucesivamente, fue bien emocionante, pero mi
agilidad no alcanzó. Logró rozarme más de una vez,
igual que como les pasa a los arqueros, pobrecitos,
frente a un penal. Van perfectamente para el lado
contrario. Eso me dio la pauta de cómo sería el fu-

turo, de ahí mi decisión. Se acabó lo que se daba. Arréglense sin mí. Pero no nos apresuremos. Voy a esperar el momento justo para que estos dos tengan su merecido, para que mi muerte no sea en vano. Porque mami no está sola en esto. Tiene su otro trofeo, su secuaz, también conocido como mi padre. El muy crápula. Rodeado de secretarias y asistentes y reuniones y jets y asesores vive, no sé en qué momento me habrán concebido, ahí me distraje. No importa, no tengo tiempo para armarme una telenovela, no tengo modo de comprobar que hasta eso han pagado, porque estos dos son de los que creen que todo se puede comprar. Ahá, ya verán cómo no. Pero para eso tendrán que esperar, mis crapulines. El momento justo. Yo sé bien cuál es. Creen que no los escucho, pero se equivocan. También en eso. En un mes son las elecciones. Papi presidente. Así se ve, así se ven los dos. La pareja perfecta, la esperanza blanca. Así los ven los asistentes y los aduladores. Así lo indican los números. Pero todo el mundo, incluso yo, sabe lo determinante que puede ser para una elección cualquier cosa que pase durante el mes previo. En un mes exacto, entonces, justo cuando todo entre en la recta final, ahí, con todo furor, emularé a uno de esos paracaidistas de la segunda guerra, tomaré envión, soltaré la válvula y les diré chau. Adiós. Hasta acá llegué. No cuenten conmigo para los vestiditos a tono, las caritas de pícara, los aplausos en el palco, el beso de hija orgullosa en la mejilla del padre exhausto pero firme en su designio de conducir la nación, el uniforme del primer día en el colegio inglés, el entusiasmo por los deportes, la sonrisa fácil. Dimito. El trabajo infantil no es lo mío. El prenatal, menos. Sepan, igual, que me quedarán debiendo ocho meses.

El misterio de la anciana en la clínica.
Enfermera del turno noche aporta dato clave

Esperame en esa silla, señora. No hace falta que venga usted. En esa. Cinco minutos nomás. Hago el trámite para el ingreso en aquel mostrador y vuelvo. No hace falta que me siga. No hace falta, porque te vas a cansar. En serio te digo. No hace falta. No me vaya seguir. No. Yo le voy hacer, señora. No te vaya a preocupar. Tiene que escucharme. Es mejor así como yo le digo. Espéreme acá. Me podés ver desde acá, voy a hacer esa cola que está ahí enfrente a ese mostrador, ¿viste? Me espera acá y ahora después me vengo a sentar con usted. Vamos a esperar que nos llamen. Voy a dar el nombre de su primer marido, sí, señora. Eso ya sé, me lo aprendí bien. Cuando escuchemos ese nombre es porque el doctor ya la puede atender y eso es lo que usted tiene que entender. Pero, señora, si no me deja ir a hacer el trámite no le va a atender. Se lo dije luego ya varias veces. Discúlpeme, ya sé, yasé. Es que me pone muy nerviosa, por eso nomás es que se me escapan las palabras. Y disculpame, pero eso no es guaraní, señora.

Paraguayo puede ser. Peor, bueno, peor. Como vos digas. Usted. Como usted diga. Está bien. Usted gana las discusiones y yo hago lo que hay que hacer, hagamos así. Es que para eso me pagan, señora. Su hijo me dijo eso cuando me contrató, doña Chini. Me está haciendo pensar que entonces no le dolía tanto el oído. Va a hacerse el mediodía si seguimos así. Esta mañana usted misma me dijo que no podía ya ni tragar saliva de tanto que le dolía el oído. No puede hacer estas cosas. Si lo que quiere es salir de su casa, tiene que decirme nomás que quiere salir. Vamos a tomar un té, un café, vamos a dar una vuelta por la plaza. Pero para eso nomás no hace falta venir al hospital. No, no es verdad, yo no la estoy tratando mal. No, señora Chini, yo nunca fui así. Pero es que no se entiende qué es lo que estamos haciendo acá. Los doctores están muy ocupados hoy en día, no nos van a atender, y tampoco podemos salir de paseo al médico. Ahora le volvió la puntada. Bueno. Entonces se queda sentada aquí, yo hago el trámite del ingreso y vuelvo. Bueno, está bien. Vamos conmigo. Pero no me vaya que na a hacer lo mismo de siempre, señora. Me tenés que prometer. No vayas a hacernos perder el lugar en la cola ni a pelearse con los que están más adelante. Y con los de atrás tampoco. Prometeme eso, señora. Agárreme del brazo entonces. Después le busco su colorete. Ahora no, para qué. Después, cuando ya tengamos el ingreso hecho, mientras tanto esperamos al médico. Ahora para qué, si ya estamos acá así. Ahora después nos sentamos y le busco un café, y también el colorete.

Ndéra. Che yukata co kuñakaray. Y ya yo no estoy siendo guaranga. Estoy siendo paciente y que ni con mis hermanitos fui así, qué pa será de los pobres allá. Ya sé, yasé. No se habla de la vida personal mientras se trabaja. No sé de dónde habrá sacado esa idea usted, que no trabajó nunca, ni sabe lo que es el trabajo. Guaranga yo no soy. Cosas que pasan por mi cabeza, nomás. No sé dónde pa está ese tu colorete. Esta cartera es un desastre. Para mí que la han robado y usted ni cuenta se dio. No está ese su colorete, pero tampoco nada más. La billetera, las tarjetas, dónde están. O se le cayeron en el taxi y ni cuenta se dio. Las tenía al salir, claro que controlé, yo vi. Pero usted quería así. A partir de ahora esas cosas las voy a llevar yo. Por lo visto, además de mí, pueden robarle otros también, así que va a correr ese peligro seguramente. Vamos a tener que hacer la denuncia ahora. Con más razón apúrese, venga conmigo. ¿Es cierto que le volvió a dar la puntada esa maldita? Es que yo me preocupo por usted, se- ñora Chini, podría ser mi propia abuela. Bueno, no te pongas así. Acá está, mirá, acá está el colorete, bueno, el rouge ese. Este es el único que trajo. Le hace juego, sí. Tomá. Apúrese, que si seguimos así vamos a pasar la noche en esta clínica. Yo. Por qué. Tengo un espejito, si quiere. Lo voy a hacer, señora. Por favor, póngase ese su rouge y vamos na ya. No doy más ya. Si usted conoce su boca de memoria, por qué ahora quiere que se lo haga yo. Vamos, va- mos, no se vaya a poner caprichosa. Las otras chicas te ponían el rouge cuando eras joven, pero eso fue hace mucho, Ña Chini. No podés empezar a gritar, señora, así te van a internar en la guardia para los locos, los que pierden su cabeza. Bueno, bueno. Está bien. Dame el rouge ese. En la frente, sí. Por qué te pinto en la frente y no en la boca, ya vas a ver. Shh. Quietita, quietita. Ya te vas a ver cuando llegués al baño. Chau, Ña Chini. Ahatama.

Bizcocholeaks. Acusada refuta plan de sabotaje

Niego terminantemente. Nunca quise que las cosas llegaran al nivel de la adicción, mucho menos de la epidemia. Niego terminantemente ser causante de epidemia masiva. Nunca hubo un plan, les juro. Hubo ganas, eso sí. Ganas. Un deseo profundo de hacer algo. Desinteresadamente, sin medir ni calcular las consecuencias. Por eso tal vez no les suena, no terminan de entender. Esas ganas me tomaron por sorpresa. Desprevenida, me agarraron desprevenida. Eso creo que fue. Llovía, era una tarde de mucha lluvia, una semana de mucha lluvia en realidad. Algo así. Eran las primeras vacaciones largas que me tomaba, diez días en total, y entonces había decidido volver a mi país natal, a mi pueblo natal. En Argentina, sí. Mi madre organizó comidas con matrimonios amigos. Me exhibió como un trofeo. Miren en qué se convirtió la adolescente gordita que no salía del cuarto, parecía decirles con cada sonrisa. Y yo que sí, que tal cual, siguiéndole el juego. La entiendo, fui la primera en soportar el desdén con el que me miraban todos en ese lugar. Pero, aun así, ya era mucho para mí. Por eso, en cuanto apareció mi hermano, me lo llevé del brazo. Nos subimos a la camioneta destartalada en la que anda siempre y nos fuimos a dar vueltas por ahí. Por el camino que bordea el mar, escuchando la música que solíamos. No es que me quiera ir de tema, quiero que entiendan. Además, ¿no son ustedes los que están todo el tiempo con eso del storytelling, machacando la importancia de que lo que queremos vender se escuche como un cuento? En un momento, mi hermano y yo estacionamos frente al mar y nos pusimos a tomar mate. Mate, sí, ese brebaje que a ustedes les parece tan exótico. Y ahí fue que aparecieron los bizcochitos de grasa. Junto con el mate, y el mar, y mi hermano, y las canciones en la radio, y la lluvia que bajaba por la ventana. Como infiltrados aparecieron. De sorpresa. Un operativo comando. Una emboscada. Y entonces después, a partir de esa tarde, cada vez que pongo yo un bizcochito en mi paladar, rememoro ese instante. Me siento ahí. Feliz. Feliz de vuelta en mi pueblo. Nos hace falta eso, a veces, a los que venimos de lejos. Que venimos a ser casi todos por acá. Aunque estemos en el ombligo tecnológico del mundo, sí. Eso es todo lo que hubo. Ganas de rememorar un instante. Nunca un plan. Niego terminantemente las acusaciones de intoxicación deliberada que pretenden endilgarme. Porque yo camino en las nubes en esta oficina, siempre, desde el día cero, ustedes lo saben. Les reconozco que es un sueño haber logrado formar parte de esta comunidad tecnológica, que no solo comparte trabajo sino un modo de vida, un ideal, pero también les digo que hay días en los que se me da vuelta el estómago frente a la heladera eligiendo entre comer manzanas o papayas o lychees o yogures bío o quesos veganos, cuando en realidad todo mi ser ruge por unos bizcochitos de grasa. Aunque me aumenten el colesterol, sí. Aunque me engorden. Aunque me salgan granos. Aunque me dejen los dedos manchados. Aunque sean capaces, según dicen las últimas teorías, de afectarme no solo las funciones digestivas, sino también el ánimo, el flujo de la sangre, las conexiones neuronales. Aunque me aumenten el riesgo de sufrir enfermedades degenerativas. Aunque me vayan a dejar estéril. Aunque me lleven a reencontrarme con la adolescente gordita, desdeñada por todos, encerrada en su cuarto, sí. Es un tipo de urgencia que no anda negociándolo todo, por eso no les suena. Ganas de mis bizcochitos de grasa, y punto. Así fue que empezó. Niego terminantemente. Así fue. En esas vacaciones me traje una buena cantidad, sí. Un lote, de acuerdo. Que después se fue extendiendo por otros proveedores, ahá. De por acá y de por allá también, ahá. Hay cosas que se expanden casi solas, que encuentran su camino porque el mundo las necesita. No estoy siendo irónica. No lo limité al consumo personal ni casero porque no estoy nunca en mi casa. Estoy siempre acá, en las oficinas, donde camino a metros del suelo, rodeada de colores y pufs y comida saludable y frases optimizantes. Esta es mi casa, ¿no me lo han repetido ustedes hasta el cansancio? *Do the Right Thing. Don't Be Evil. The World Is a Common Treasure.* Todas esas frases que se les caen de la boca a cada paso. Tuve que forzar un par de cosas, sí. Detalles. Solo intervine en el sistema que nos suministra las comidas, no me metí con las bases de datos ni con los sistemas operativos ni con los petitorios para que dejemos de proveer inteligencia artificial a los drones militares. Que los bizcochitos de grasa se hayan convertido en una adicción entre los empleados de las oficinas en el mundo ya no es mi culpa. Es un problema que ustedes deben enfrentar. Son las ansias que intentan acallar con tanto optimismo. Niego terminantemente las acusaciones, por falsas y maliciosas. Y advierto. No hay futuro donde no hay ganas.

Telegrama de renuncia

Notifico por medio del presente que a partir del día de la fecha he decidido renunciar a mi empleo. Reitero. Renuncio. Quedo a la espera de instrucciones para percibir los haberes devengados hasta el día de la fecha, más el proporcional del sueldo anual complementario y de las vacaciones que nunca me tomé. O que me tomé pero que ustedes se encargaron de anular con sadismo burocrático. Exijo. Exijo yo ahora. Que me paguen y que me expliquen. Quedo a la espera de explicaciones. No de las suyas, no de las habituales, estoy hablando de explicaciones válidas. Absténganse de jergas. Que me compensen. Exijo que me compensen. Material y simbólicamente hablando. Aunque les resulte imposible por falta de empatía, por falta de imaginación. Denuncio confabulación para convertir trabajos en infiernos insostenibles. Denuncio confabulación para convertir vidas en dedicaciones a tiempo completo. Denuncio extractivismo vital. Denuncio cosificación, estandarización, estupidización, banalización. Y niego todas y cada una de sus acusaciones. Todas y cada una.

Crónica de viaje

Y entonces hubo un día en el que finalmente aterrizamos en la ciudad. A mí me tocó hacer el trayecto en la parte trasera de una de esas cuatro por cuatro que hasta ese momento solo había visto en las películas de guerra, o entre cazadores. Iba muy repantigado ahí, entre mis cojines, alucinado mirando cómo, a medida que avanzábamos, la ruta se iba volviendo una línea fina, finita, apenas un hilo que dejaba atrás nuestra comarca pampeana, que la dejaba atrás y hasta la perdía, la dejaba en otra escala, la elevaba como barrilete al final de una cuerda que, en su otro extremo, tenía a la tan mentada y tan deseada Buenos Aires, la luminaria del Plata. Repantigado ahí, mirando la ruta como un hilo, me brillaron los ojos de emoción. Quise corroborar si lo mismo les pasaba a mis compañeros de banda pero fue imposible, enfundados como estaban todos en unos anteojos negros que se habían comprado en el supermercado un par de días antes de salir, junto con los bolsos y los camperones que finalmente casi nunca usaron porque esas fueron de las primeras cosas que nos arrancó la vida en la gran ciudad. No sabía que querían promocionarse como una banda de motoqueros, nos dijo uno de los tantos gentilhombres que nos recibieron en oficinas despampanantes, y ahí nomás, esa misma noche, volaron los anteojos junto con todo el resto. Repugnante como chicharrón de potro el tipo ese, y la mayoría de los que le siguieron también, pero mis queridos compañeros de banda estaban decididos a lo que fuera con tal de encontrar alguien que nos representara. Alguien que nos reinvente, corregía Gloria cada vez, y ahí se armaba una trifulca que me aburría soberanamente y yo, que tantos he sido, no he sido jamás aquel que se haya aburrido. No está en mis venas, no está en mi constitución nerviosa. Y, además, había tenido ya demasiadas sesiones de discusión con esa banda, a esa altura el tema me volaba los chororoses. Esto del reinventarnos venía desde hacía rato, desde un principio diría, pero las discusiones en las que nos enredábamos no conducían a nada. Hasta que apareció la plata. Mucha. Ahí todo dio un giro. Los Más Chancho Serás Vos dejaron de discutir siempre acerca de lo mismo en el perímetro del taller y se hicieron escuchar a los cuatro vientos. Nos hicimos escuchar, debería decir, porque así fue en un principio. Y en ese principio, con esa plata, lo cierto es que nos escucharon los mánager, los dueños de las salas de grabación, los comunicadores, los directores de sellos musicales, los intendentes, los gobernadores, los conserjes de hotel, los periodistas, los nutricionistas, los estilistas, los gerentes. Quien fuera, en fin. El dinero era mucho. Y tal vez para la banda sea todavía más hoy, porque hay que reconocer que les ha ido muy bien en ese plan de reinvención. Aun sin mí. Aun sin mi presencia irreemplazable, como solía definirla Gloria. Pero no quiero ponerme mustio porque yo, que tantos he sido, no he sido jamás el que se pusiera melancólico. La gran vida que nos dimos en ese viaje de experimentación. Nos instalamos en un hotelito que tenía, a la vez, algo de gran casona y de nave intergaláctica. La encargada de la noche me tomó cariño desde el primer instante y se las arregló siempre para tirarme una soga si alguno de los que trabajaban en el hotel me relojeaba más de la cuenta. Los porteños son gente de lo más impresionable cuando se trata de alguien del interior. Así me lo resumió ella en una de esas noches en las que nos quedamos comiendo sobras hasta la madrugada, y en la que se le dio por hablar acerca de sus primeros años de recién llegada a la ciudad, de sus ilusiones y sus temores, sus añoranzas de un pueblo que tenía el nombre de un santo que ahora no me acuerdo de cuál era. Sepan disculpar. Pero cómo es que sabían los porteños que yo soy del interior en cuanto me veían, ahí adentro del hotel y afuera también, es algo que aquella encargada no supo nunca responderme. O yo no supe preguntarle. Ni falta hace ya: con el tiempo lo deduje por mí mismo. Es muy impresionante lo que se aprende con solo darse uno una vuelta lejos de casa. Lo recomiendo a quien sea.

El derecho a la pereza

[a partir de Paul Lafargue en *El derecho a la pereza*]

Supimos de monumentales comilonas
Y de tirarnos a dormir la mona
Sublimes estómagos gargantuescos
¿Qué es todo esto?

Tendríamos que arrancarles la lengua
Y tirársela a los perros

Predican la teoría malthusiana
Queremos hacer lo que nos da la gana
Predican la religión de la abstinencia
Queremos libertad de conciencia

Tendríamos que arrancarles la lengua
Y tirársela a los perros

Más que las conversaciones, admito, adoraba de esa encargada la complicidad. Ni siquiera bajo la presión menos imaginativa, que es la del dinero, cayó en la bajeza de delatarme por las escapadas nocturnas que me hacía cuando Gloria y sus muchachos se iban a dormir, o más bien se quedaban dormidos en algún sillón por ahí, que eso de tener un hotel en exclusiva viene con sus beneficios extra. Ay, la noche, eso sí que es vida. Ay, los cómplices, eso sí que también. En esta sombra del tarumán en la que hoy escribo y recuerdo, en la que miro hacia atrás mientras todos duermen, me asaltan especiales reminiscencias de aquellas noches de vagabundeos urbanos, de su abundancia, de su imprevisibilidad, de su derroche. Eso de ir por una avenida y doblar en una esquina cualquiera, doblar por hambre, por ganas, un hambre que no puede diagnosticarse, unas ganas que tampoco, doblar y ser uno más con ese aroma que nos guía, nos encanta, nos va llevando de las narices hasta impregnarnos, hasta saturarnos, y en ese instante preciso, el de la saturación, en vez de agotarnos, apagarnos, la noche nos abre a otra capa más, a los sonidos que vienen con esos aromas, sonidos como de fauces que se abren, generosas, fauces de maquinarias que se desvían de su curso y se detienen cerca solo para satisfacernos. Así, como una ofrenda, me gustaba pensarlo a mí, pero no creo que fuera opinión extendida en la ciudad porque he visto bien cómo el paso de esos camiones cargados de restos de comida, esos despliegues alucinantes de colores y de aromas, esa superabundancia de alimentos deliciosos y de objetos de lo más inesperados eran evitados por muchos de los transeúntes con los que me cruzaba, y no solo evitados, sino también criticados, vituperados, como si esa acumulación de restos y de fragmentos no tuviera nada que ver con ellos y con su alimentación, es decir con su vida, y en cambio fueran borbotones regurgitados desde la boca negra del mismísimo infierno. Son raros los porteños, ya lo he dicho.

FAT

[a partir de fragmentos de la "Declaración de la Fundación de
Alergia al Trabajo Regional Argentina", 1995, integrada por
Osvaldo Baigorria, Carlos Gioiosa, Guido Indij y Christian Ferrer]

Según los expertos en salud
Los adictos al trabajo son alud
Para luchar contra este mal
Se pone en marcha la FAT:
¡Fundación de Alergia al Trabajo!
¡Fundación de Alergia al Trabajo!

Para cada paciente
El dolce far niente
¡Antídoto terapéutico
Para un futuro proteico!

Basada en utopías socialistas
Basada en consignas dadaístas
Para luchar contra este mal
Se pone en marcha la FAT:
¡Fundación de Alergia al Trabajo!
¡Fundación de Alergia al Trabajo!

Para cada paciente
El dolce far niente
¡Antídoto terapéutico
Para un futuro proteico!

Qué mareo divino teníamos todos, qué belleza.
Gloria especialmente. Nuestra reina, nuestra diva.
Hasta la gran ciudad se rendía a sus pies. Lo veía yo

en cada paso que dábamos, en cada entrevista que teníamos. Llegábamos en nuestros supercarros a ver a nuestros posibles mánager, todos caballeros audaces. Los veía yo alambicar frases de lo más barrocas, recostarse en grandes sillones con miradas socarronas, los veía dar órdenes, encargar tragos, los veía alabar y denostar, todo así de corrido, más fríos que nariz de perro, pero siempre, detrás de esos despliegues, veía también un fondo de desequilibrio, una ansiedad en aumento por ver cuál sería la reacción de Gloria, tan prendados quedaban de sus encantos. Todos y todas. Mujeres también, aunque las hubo menos. Se nota que el negocio del espectáculo no les interesa demasiado o que, como me dijo una homeless que me encontré un día en un parque, el negocio de la música sigue siendo tremendamente machista salvo que te conviertas en una diva, en cuyo caso también lo es, con la diferencia de que ahí podés convertirte en un monstruo para vengarte. No hay salida en los sistemas perversos, así me dijo. La homeless sabía, porque ella había trabajado de productora durante mucho tiempo. Es increíble la cantidad de trabajos que han tenido las personas que duermen en las plazas de esa ciudad, la Reina del Plata, increíble. Y de lo más variados: han sido taxistas, contadores públicos, barrenderos, cocineros, médicos, profesores universitarios, arquitectos. He pasado noches haciendo postas entre sus trapos, lo sé bien. ¿Y qué habían obtenido de esos trabajos por los que habían dado la vida, por los que habían perdido tiempo de goce, de dicha, por los que habían perdido amores, tardes de lluvia y, lo más imperdonable, largas siestas? Nada. Un hueco en una plaza pública y un dolor inaguantable en los huesos húmedos, eso es todo lo que habían conseguido. Y pensar que a veces los señores pasan y los miran y dicen, como murmurando, se nota que no les gusta trabajar. Se nota que no les gusta trabajar. Lo dicen como un reproche los señores, el ceño fruncido y el alma seca, abarrotada. Claro que no les gusta, señores, porque entendieron que el trabajo los castiga, los usa, los expulsa, los violenta, entendieron mucho más que ustedes, señores que pasan con el ceño fruncido y el alma abarrotada, sometidos, vencidos, muertos en vida, vigilantes.

Trabajos de mierda

[a partir de David Graeber en *Trabajos de mierda*]

Los gestores financieros
Los grupos de presión
Los abogados pendencieros
Los atletas de salón.

¿Por qué existen?
¿Para quiénes insisten?

Esas miradas cansadas
Esas servidumbres disfrazadas
Esas vidas en automático
Esos reyes del caos climático

¿Por qué existen?
¿Para quiénes insisten?

Me voy de tema, no puedo evitarlo. Disculpen, respetables lectores de esta crónica. Es que la memoria es materia tan rica y caprichosa, tan multifacética, que basta sintonizarla en estas noches bajo la luna quieta para que sus tentáculos me lleven por derivas imparables. Nuestros días porteños, entonces. Nuestro periplo de aprendizaje, nuestro Grand Tour: ahí voy. A la noche nos íbamos a comer a lo de Lucrecia. Caíamos en dulce montón, que ya sabemos que en yunta andan los teros, las manos desbordadas de ofrendas deliciosas, y al rato la cocina estaba llena de aromas y de colores y de frases, todas muy ricas, todas muy vívidas. Y aunque Lucre, como le decían, estaba siempre encerrada en su escritorio, una especie de nave vidriada a la que yo subía a verla una vez que tenía la panza llena, el Nilo se desvivía en su cocina para que no nos faltara nada. Se me hace agua la boca hoy, a la distancia, de solo recordar las comidas con las que nos esperaba. Nuestras comilonas, nuestros manjares. Las alcachofas doradas, los hinojos caramelizados, la pakora de verduras, la kofta de lentejas, los espárragos en salsa finlandesa, el tzatziki magrebí, el strogonoff de hongos silvestres, el borsch recargado, las papas ancestrales, el gazpacho de mango, la sopa rubí. Mientras todos deglutíamos, el Nilo nos contaba en qué feria remota de la ciudad había encontrado esa hierba, en qué mercadito perdido de qué estación esa especia, o nos explicaba el funcionamiento de un aparato complicadísimo para hacer algo tan sencillo como pelar papas o rallar raíces varias. Y así seguíamos. Más panzones que guacho con dos madres quedábamos. Al Nilo se le había dado por cocinar cosas cada vez más inesperadas. Decía que lo necesitaba para atravesar ese momento. Nadie jamás le preguntó a qué momento se refería, y juro que no había descuido alguno en el hecho de que ni yo ni el resto de los integrantes de la banda le prestábamos real atención, más bien ocurría que comer así nos obnubilaba el resto de los sentidos. Nuestra indiferencia no era otra cosa que un homenaje, un tributo a lo que él había creado. Comíamos entregados, curiosos, devotos, felices. Y confiados, sobre todo confiados. Yo sabía que a las recetas de Nilo podía entregarme, que entre sus experimentos jamás habría un ingrediente que mi sistema digestivo o emocional no pudiera digerir. Nilo tenía muy en claro que yo era el líder de la banda y que, como tal, necesitaba cuidados especiales. Y a pesar de que, de tanto ver mánager en oficinas despampanantes yo me sentía cada vez menos líder de la banda, menos integrante de la banda, lo dejaba hacer, lo dejaba creer. Cuando se trata de mi estómago, cuando se trata de venerar así a mi estómago, mis convicciones siempre pueden esperar.

Grano de arena

[a partir de Corinne Maier en *Buenos días, pereza*]

Cuando tu único poder
Es tener algo que temer

Vuélvete el grano de arena
Que provoca la gangrena

Conviértete en un inútil
Un ser sin aspiraciones
Adalid de lo fútil
Ya sin manipulaciones

Vuélvete el grano de arena
Que provoca la gangrena

En aquella casa había también una perra, Trote, que me recibía con bastante gracia y me hacía siempre alguna pregunta curiosa. Estaba especialmente obsesionada por saber cómo me llevaba yo con mi naturaleza ambigua. Tuve que pedirle explicaciones. Así la llamaba ella, me explicó, porque así, ambigua, veía mi naturaleza de chancho salvaje, hijo de jabalíes que habían vivido trotando por las pampas, libres, perseguidos pero mientras tanto libres, porque en definitiva qué otra cosa es esta vida sino un mientras, solía decirme Trote, afecta a las derivas filosóficas como era y, tal vez precisamente por eso, muy intrigada en saber cómo conjugaba yo esa traza que venía de mis padres, ese mismo estado de libertad-mientras en la que yo mismo había nacido, con esta nueva vida mascotera. Decía, en realidad dijo aquella primera vez, mascotera con un gesto de rotundo desprecio y cuidado a la vez, como si no quisiera con esa verdad ofender a nadie. Ay, Trote, si supiera, le decía yo, pero es que tengo esta vida tan ocupada en dormir la siesta durante el día y embarcarme en aventuras por las noches que no me llega el momento de pensar. No quería explayarme mucho con Trote acerca de mis siestas ni de mis aventuras porque me daba cuenta de que ella, en toda su urbanidad, en toda su deriva filosófica, no accedería jamás a conocer algo así, con lo cual solamente emitía respuestas que me hacían quedar como un tonto, un ser banal, un chancho provinciano, todos epítetos para los cuales estoy más que naturalmente bien dotado. Eran diálogos esos con Trote en los que nos absteníamos de verdades con tal de no herirnos, lo que es una forma de decir que nos caíamos bien. Y también en esa casa estaba el Nilo, que era como un niño que nos esperaba como si nosotros, cada vez, le lleváramos la entrada al parque de diversiones. No me juzguen como arrogante si digo que el pobre se había pasado la vida diseñando juguetes de todo tipo, juguetes sofisticadísimos que le pagaban en dólares y que le quitaban el sueño a coleccionistas de lo más exigentes del mundo entero pero que él mismo, el Nilo propiamente dicho, no supo lo que era jugar hasta que no aparecimos nosotros con la banda en su vida. Fue así. Doy fe. Le veía los ojos brillar, las frases salir como a borbotones en nuestras rondas de comidas. Nos hablaba de sus recetas, de sus próximas esculturas, del vestuario de sus personajes, de las plantas aromáticas que tenía en el balcón, de las aventuras de Trote en el parque, y lo hacía con un nivel de detalle y vehemencia que quedaba uno extasiado. El Nilo. Nunca pude decirle Nilo, como todos, porque lo veía yo a él y a la vez veía los recorridos de ese río mítico, zigzagueante, ese río misterioso sobre el que habían escrito tantos, entre ellos un tal Richard Burton del que me habló mucho Lucre en nuestras largas noches de lecturas compartidas, un viajero inglés delirante y excesivo, un señor del que pueden decirse muchas cosas aunque yo solo prefiero recordar que llegó travestido a los puntos más recónditos del mundo y que planeó un duelo a muerte con su mejor amigo por una disputa acerca de la verdadera fuente del Nilo, ese río poderoso y sagaz, ese río dulce y sensual en el que mis primeros antepasados, los africanos del norte, se revolcaron tantas veces, se regocijaron, se disfrazaron, se embarraron para seguir viviendo y gozando.

Derroche

[a partir de Friedrich Nietzsche en *Aurora*]

El trabajo es la mejor policía
Frena apetitos de autonomía
Nos distrae con cualquier cosa
Nos roba potencia nerviosa

De la mañana a la noche
Nos prohíben el derroche

Ensimismarse, meditar, soñar
Preocuparse, odiar, amar
Todas ocupaciones candentes
Acosadas por pendientes

De la mañana a la noche
Nos prohíben el derroche

En cambio, frente a este río de mis andanzas porteñas, este río sin orillas y sin brújula, hubo un día aciago. Más que eso, un día sacrílego. Quién sabe cuántas serenatas tendré que cantar a mis antepasados para que puedan entenderme y hasta quizás perdonarme. Fue en un restaurante frente a ese río marrón, una de las tantas postas de mi raid mundano. No hubo nada en los menús ni en las explicaciones de los cocineros ni en el ambiente ni en el olor, nada que nos previniera, y así fue que, ay, acá tiembla mi pluma bajo esta luz de luna, tiemblan mis antepasados arrasados por la furia blanca, por los cazadores panzones, por sus rifles desproporcionados, no hubo señal alguna que nos precaviera de nada y así fue que, con fondo lounge, con manteles largos, terminé deglutiendo a un jabato, un rayoncito, un ejemplar de mi propia especie que antes de llegar a mi mesa, a mis propias fauces, debe haber estado tan desamparado y solo como yo en aquella noche que sobreviví a la matanza de todos los míos. De todos. Y ahora yo, en ese simple acto de negligencia, de embotamiento de los sentidos, de falso cosmopolitismo, había devenido cazador, hombre blanco armado y brutal, cínico y básico. Devastador. Creo que intuí mi sacrilegio en la vereda misma, frente a ese río asqueroso, maloliente, fue como una señal que me llegó desde las entrañas y que me zumbó en los oídos durante días y noches. Así fue, así soy. De eso también quiero dejar constancia. Pero no fue por eso que me planté frente al siguiente mánager posible de nuestra lista, como en un momento sostuvieron Gloria y el resto. Jamás, en lo más mínimo. De eso también quiero dejar constancia. Por qué los finales de bandas están siempre tan llenos de malentendidos, me pregunto yo, por qué. No lo sé, pero sí doy fe de que en este caso mi negativa no respondió a ese episodio aciago, ese hecho sacrílego que jamás podrá borrar mi memoria, sino a una manera de entender el mundo y la vida que cada vez fue impregnándome más, cada vez apartándonos más. Y en esa transformación fueron cruciales, además de las cosas que Vita me susurró al oído desde la infancia, desde el instante mismo en el que me rescató, las horas que seguían a nuestras comilonas en la casa de Lucrecia. Después de hacerles el honor merecido, cuando el Nilo se iba a probar no sé qué nuevas torsiones para sus muñecos estrella y el resto de la banda lo seguía, embelesado, yo me escurría con Lucre en su escritorio. Me había armado ella un rincón en el que recostarme, unos mantones de sedas de colores desvaídos que, me contó, le había comprado a un diplomático en desgracia que toda la vida había servido en ciudades del Lejano Oriente y allí, acunado entre esas suavidades, las luces de la ciudad titilando allá abajo, a lo lejos, yo la escuchaba. Lucre se zambullía en sus papeles y me leía, me comentaba, incluso me consultaba. No exagero. Yo, que tantos he sido, no he sido jamás el que se vanaglorie de lo que no le corresponde. Al principio me leía solamente de esos dos libros que, decía, Vita le había dejado tan especialmente. A Lucre le gustaba pensarlos como sus *I Ching*. Yo bien podía ser el tercero, aseguraba. Y entonces me leía, que era su forma de consultarme, porque más de una vez fueron los movimientos entusiastas de mis orejas los que decidieron qué párrafos de sus lecturas resaltar, qué capítulos destacar. Convencida Lucre como estaba de mi capacidad de escucha, de mi función oracular, me leía y me pedía que le hiciera señas con las orejas cada vez que algún pasaje me pareciera crucial. Qué panzadas de pasajes y citas me he dado también. Me leía también otros libros Lucre, fundamentalmente ensayos enfocados en el tema del trabajo. Estaba empezando a pensar el plan de una ciudad utópica, me contaba, una en la cual el trabajo sería motivo de alegría o no sería nada, y necesitaba plantear sus lineamientos, definir sus políticas, darle una vuelta de tuerca que incorporara las discusiones del presente, y para eso tenía que dar con las lecturas clave, con los interlocutores clave. Así me decía. A mí, la verdad, su plan me agotaba de tan pensado, pero lo que sí me fascinaba era ese juego que ella me proponía durante su etapa de preparación. Desde mis trapos coloridos, prestaba toda la atención de la que soy capaz y, cuando escuchaba una frase que me parecía clave, hacía con mis orejas un sistema de señas especialmente elocuente. Lucre, entonces, anotaba. Qué feliz fui, qué felices fuimos. Aunque a veces su ánimo se tornara tenso, beligerante. Pero no era conmigo ni con mi selección de citas que discutía Lucre sino con algunas voces que por momentos me parecían autorales y que algunas otras veces, así de curioso como suene, me parecieron más bien una sola voz, la voz de Vita, o la presencia de Vita. Como si discutiera con ella. Cómo se explica que alguien pudiera discutirle a mujer tan encantadora, no sé, tampoco me consta, simplemente me pareció intuirlo un par de veces, incluso bastantes más veces que un par. Un rato de discusión, nada más, un conato, un murmullo digresivo en esa combinación de lecturas y de anotaciones que nos ocupaba, que nos subyugaba. Yo daba vueltas entre mis trapos para encontrar la mejor posición y dormitaba hasta que esos momentos pasaran. Entonces seguíamos nuestro trabajo en colaboración. Y así fue que yo, que no necesitaba esas lecturas para nada, terminé incorporándolas. De ahí han salido, de hecho, muchas de mis canciones, las que después fui cantando en las postas que siempre he sabido encontrar a las sombras de los árboles, al latido de un cuerpo tibio. Y fue también a partir de esas lecturas, como les decía, que decantó en mi cabeza algo que yo venía sintiendo cada vez más fuerte en ese viaje de reinvención que acá me ocupa: una cosa es el trabajo que se hace alegremente, como hacía yo esas entradas en los recitales del taller pampeano, el trabajo que transmite vida, que estrecha lazos, y otra cosa muy distinta es el trabajo que se hace doblegando esa misma vida, arruinando esos mismos lazos. Fue por eso que me negué a sumarme al plan urdido por el mánager que a mi banda más le había gustado, fue por eso y nada más, pero nunca quisieron entenderlo. Ni siquiera Gloria. Ni siquiera ella. Ay, los tumbos de esta vida. Minimizaron mi negativa, la mezquinaron. La redujeron a una reacción traumática por aquella ingesta de uno de los míos, la limitaron al universo de lo íntimo, de la transmisión de la especie, la volvieron reaccionaria, la espejaron, la redujeron, la tergiversaron, la antropomorfizaron, la jibarizaron. Creyeron que un chancho salvaje solo puede reaccionar frente a la sangre, frente a la carne, frente a algo tan básico como la reproducción, frente a lo que corre por sus entrañas y nada más. Un gesto de superioridad que ya les conocemos a los pobres bípedos. Una muestra más de su ignorancia, de su estrechez de miras. Una incapacidad para ver que a un chancho salvaje lo mueve lo que corre por sus entrañas, sí, pero también lo que sus lecturas y sus andanzas lo llevan a imaginar, a desear, a pergeñar, a componer.

Luces y sombras
[a partir de Alyssa Battistoni en "Luces y sombras del ingreso básico universal", *Nueva Sociedad*]

No es un monto miserable
Ni una limosna execrable

El ingreso universal
No es cualquier cosa
Sino la condición material
Para una vida dichosa

No es una utopía
Ni el cuento de una tía

El ingreso universal
No es cualquier cosa
Sino la condición material
Para una vida dichosa

Cómo así, cómo ahora, cómo justo ahora, me decía Gloria, mi bella Gloria, desesperada porque me disponía yo a dejarlos justo cuando finalmente habíamos dado con el mánager ideal, alguien que no se parecía a la lista de los despampanantes que habíamos entrevistado, que no tenía sus defectos ni sus tics pero sí sus capacidades de instalarnos, de expandirnos, cómo justo ahora cuando acabábamos de dar, más que con el mánager, con el aliado, la mente brillante que nos había sabido interpretar y que, sobre todo, lo sabría aun más de ahí en adelante, sabría hacer de eso que había sabido ver, la chispa por la cual habíamos dejado todo allá en el pueblo para venir a reinventarnos como banda, algo mayor, algo radiante. Después de escuchar tantas pavadas, tanta cosa hueca, repetida, por fin hemos dado con alguien. Iba y venía Gloria diciendo estas y muchas otras cosas de un lado al otro del patio verde de nuestro hotel boutique porteño. Me traía delicias, me escribía poemas, me acariciaba el lomo donde más me gustaba. Pero yo ya había tenido suficiente. Y más también. Cinco meses y diez shows llegué a aguantar. Largas sesiones de fotos también. Y entrevistas, muchas. O al menos muchas para mí. Siempre lo mismo. Las mismas preguntas, las mismas repuestas. Siempre lo mismo de los dos lados, el de los periodistas y el de la banda. Y cómo fue que se les ocurrió esto de tener a un jabalí como líder de la banda. No se nos ocurrió, sino que fue así, se dio así. Y ahí venía la historia del día mítico, el momento satori en el cual ellos estaban ensayando una tarde en el taller del padre de Teo, unos acordes por ahí, unas líneas de bajo por allá, algo que intentaban que fuera nuevo pero que se escuchaba en cambio como muy conocido, muy transitado, muy armadito, una de esas tardes en las que en el fondo todos pensaban que estaban ya por claudicar después de tantos ensayos que giraban sobre lo mismo, que les cosechaban aplausos en sus conciertos de fin de semana pero que no aportaban nada, no producían ninguna emoción, ningún quiebre estético, ningún riesgo, ningún salto, ninguna transformación, ningún futuro, estaban en esa mezcla de abulia y condescendencia cuando irrumpí yo en el taller, salvaje, desorbitado y locuaz. Venía enamorado, eso es lo cierto, y sepan, apreciados lectores, que es en esta crónica escrita para ustedes a la sombra de tantos árboles donde cuento la verdad que jamás quise venderle a la prensa. Pero no quiero irme de tema. Venía ese día yo tan mareado de felicidad, les decía, tan flotante en una combinación de alegría, de dicha rotunda, y a la vez de vértigo, como si estuviera frente a la inminencia de una gran tormenta, un gran naufragio de olas gigantes, que apenas podía con lo que me pasaba. Esa es la verdad. Era yo muy joven, entiéndanme, y era la primera vez que me pasaba. Como apenas podía sostener ese sentimiento tan deslumbrante dentro de mi ser, empecé a emitir todos los sonidos de los que soy capaz, y así fue entonces que gruñía, gruñía alto y bajo, y gemía, y rugía también, rugía como un trueno, como un rayo, como una serpiente de mar, rugía como dicen los cuentos infantiles que rugen solo los leones, y hasta ladraba, sí, ladraba como los perros de cualquier vecino, ladraba y rugía y gemía y corría mientras por todos lados en el taller, de un lado al otro, en diagonal y en obsesiva secuencia de paralelas, por momentos me detenía, como iluminado, como si me hubiese alcanzado uno de esos rayos, y soltaba unos chillidos electrizantes, dicen que hasta los platillos de la batería empezaron a vibrar solos por la potencia de mis chillidos, y dicen también por eso que mis sonidos venían de mi conexión con otras esferas, otros estados de la conciencia. Dicen tantas cosas, dijeron tantas cosas. Ahora solo queda lo que digo yo. Y yo digo que ese estado me vino del puro enamoramiento, y que el enamoramiento tal vez tenga que ver con conectarse con otras esferas, sí, con devenir otro, qué sé yo, quién lo sabe, no es el punto acá, lo que quiero decir es que aquel estado fue también mi entrada a la conexión con el arte. Y eso mis amigos de la banda lo supieron ver, lo captaron, y por eso inmediatamente, en aquella tarde pampeana en la que se les estaban por escurrir las esperanzas para siempre, pasé a formar parte de sus conciertos, pasé a enfervorizar sus conciertos. Ay, qué tiempos, qué vida, qué maravilla de experiencia hemos pasado juntos. De eso también quiero dejar constancia. Pero, más allá de eso, no cuenten conmigo. Lo dejé claro de todas las formas posibles. Es al ñudo pato viejo que vengas meneando el rabo. No me convencerán nunca de que eso que compartimos sea banalizado, espectacularizado, la banda que toca con el chancho salvaje, el fetiche que irrumpe en escena, etcétera. Y, además, reconozcamos algo, Gloria querida, esa luminaria que te subyugó, ese mánager que tenía ideas tan alucinantes, como de artista conceptual, finalmente lo que quería era hacerme trabajar. En el fondo de esa propuesta que me volvía a poner a mí y a mis vocalizaciones en el centro de la escena, pero supuestamente reinventado gracias a esa síntesis que reunía la alegría lúdica del Surrealismo, la negatividad liberadora del Dadaísmo, las innovaciones del ruidismo, la descontextualización de la música concreta, el devenir animal deleuziano, el aullido flaubertiano entre las tentaciones del desierto, el balbuceo beckettiano, los juegos de palabra carrollianos, la clave jlebnikoviana para descifrar el lenguaje de los dioses y el de las aves, entre tantas otras influencias y homenajes que brotaban permanentemente de su boca, detrás de toda esa representación en la que yo era el líder de una banda que decía guiarse solamente por lo que yo señalaba en mis raptos inspirados de vocalizaciones, solo había trabajo. Inmundo, insalubre y procaz trabajo. Todas esas sesiones, todas esas grabaciones, todos esos cronogramas, todas esas salidas con nuevos amigos: eso también era puro trabajo. Y no es cierto, como han dicho por ahí, como me decían, que era casi lo mismo que yo hacía en los recitales del taller mecánico, no es cierto en lo más mínimo. Era, insisto, algo radicalmente diferente. Muy otra cosa. Y Gloria, aunque subyugada por las articulaciones conceptuales como estaba, lo sabía bien. Lo negaba pero lo sabía. Y yo, que no negaba, me negué. Así de paradójicamente simples son las cosas.

Extractivismos

[a partir de Joan Subirats en "¿Del poscapitalismo al postrabajo?", *Nueva Sociedad*]

Los obreros del carbón
Hacinados ahí abajo
Temerosos del patrón
Lo maldicen por lo bajo
No me gusta
No me gusta
No te gusta
No te gusta

Los obreros de la roca
Achicharrados al sol
Van contando las horas
Hasta que suene el gong
No me gusta
No me gusta
No te gusta
No te gusta

¿Sabías que con tus likes
Y tus búsquedas de a ratos
Trabajás sin un ¡ay!
Para la minería de datos?
No me gusta
No me gusta
No te gusta
No te gusta

Me fui sin ningún rencor. De eso también quiero dejar constancia. Me fui a pesar de que tuve que sortear además los ruegos de Lucrecia, que se apareció un día a verme en mi hotel boutique, no sé cómo, alertada tal vez telepáticamente por el movimiento de mis orejas, por mi renuncia a la banda, por mi partida inminente. A veces he llegado a pensar que fue mi amiga la conserje quien le avisó, nunca sabré. De cualquier modo, decía, Lucre fue a verme como flotando de entusiasmo, nunca antes la había visto yo así, en ese estado que solo se acentuó cuando entendió que la razón por la cual yo me iba, por la que me abría de la banda, era mi negativa a sumarme a las huestes del espectáculo, cuando comprobó que nuestras lecturas en colaboración habían hecho mella en mí. Qué cosas no hizo la pobre para retenerme. Me contó con lujo de detalles en qué punto estaba el proyecto aquel en el que yo tanto la había ayudado, en esa ciudad que habíamos planeado en colaboración, así dijo, literal, que yo, que tantos he sido, no he sido jamás aquel que se diera aires porque sí. Justo por esa época, me contó, estaba a punto de terminar de darle forma a un grupo muy especial entre los cuales había personas que venían de la música y de la sociología y de la literatura y de la ecología y de las artes marciales y de la antropología y de la arquitectura y de la tecnología y de no me acuerdo ya qué otras ramas más, un grupo que sería la célula inicial para lanzar el proyecto de la ciudad utópica, lo dijo así Lucre, como si la ciudad fuera un cohete que se lanza al espacio, pero no, era un plan bien terrenal, me dijo, me explicó, me mostró un plano, el plano de una ciudad en la que el trabajo se haría con ganas o no se haría nada, insistió con su lema, una ciudad en la que estaría abolida toda lógica utilitaria, toda eficacia productivista, una comunidad en la que se pondría en marcha un nuevo pacto social y ecológico, un pacto fundado en la economía no como reproducción del capital sino como fortalecimiento y expansión de la vida, una vida que es un derecho con el cual nacemos y por ende no hay por qué ganarse con el sudor de la frente como enseñan los profetas del martirio y de la manipulación, como proclaman los pocos poderosos que giran la manivela del mundo. Esas y muchas otras cosas más me dijo la nueva Lucre mientras yo la escuchaba masticando insectos tostados en el jardín de mi hotelito. Una maravilla, realmente, pero no era mi momento, no era mi elemento. Pero cómo así, cómo justo ahora, decía Lucre, un poco como me había dicho antes Gloria. Y lo que no le dije, porque no me parece que con ella, igual que me parecía con Trote y con cualquiera que me caiga bien, tuviera que incurrir en verdades innecesarias, es que no me interesa su proyecto. No me interesa en lo más mínimo, acá en las páginas de esta crónica puedo decirlo con todas las letras. Nada de utopías cerraditas y regladas para mí, nada de arcas de Noé bienintencionadas. Para mí solo las lecturas que se hagan carne en el andar, que se hagan canción, para mí las compañías que me depare el viaje. Le prometí recabar material para su ciudad en ciernes en mis exploraciones, le deseé lo mejor, y partí alegremente por los caminos.

Trabajo doméstico

[a partir de Silvia Federici en *Revolución en punto cero*]

Desde la cuna
Desde los medios
Desde los predios
Desde los curas
Todos te quieren convencer
De que eso de limpiar
Y de ver qué cocinar
Es tu cuota de placer

Pero vos sabés, hermana
Que los trabajos se pagan

Es tan natural
Es tan genético
Es tan magnético
Es tan ancestral
Te quieren femenina
Te quieren embarazada
Te quieren realizada
Adentro de la cocina

Pero vos sabés, hermana
Que los trabajos se pagan

Anduve vagando por las veras de los ríos, asustando a las gentes en pequeños pueblos, asombrando a los niños que pasaban en los autos raudos, alterando quintas y jardines floridos, liberando a muchos de los míos de sus cercos en los criaderos, liberando a muchos de los otros, nadando en ríos y arroyos, enamorándome a cada paso, retozando, embarrándome el lomo en bañados y esteros, ofreciéndole a quien quisiera uno de esos giros cilíndricos míos que tanta felicidad solían causarles a los pobres bípedos siempre tan tiesos, armando una pequeña banda cuya única afinidad era andar por los caminos. Y por las noches, créanme que no exagero, maravillé a quien fuera con mis conciertos. A mis vocalizaciones de siempre les agregué una escala sonora que descubrí un día entrechocando mis mandíbulas en distintos tiempos, algo que empieza como un castañeteo y que al rato es capaz de alcanzar un ritmo infernal. Nos dimos la gran vida. Fue en esa época que me animé a componer mis primeros temas. Me acordaba un poco de las lecturas que hacíamos con Lucre y les ponía rima y acordes. Venían de todos los rincones a verme. Y no solo chanchos salvajes. Venían perros, chacales, nutrias, mulas, lagartos, yararás, lo que anduviera suelto por ahí se tentaba. Venían linyeras también. Dejaban sus monos a un lado, abrían alguna petaca, y se tiraban a escucharme bajo el cielo estrellado. Después organizábamos rondas siempre con un fueguito en el medio, fuera invierno o verano, en las que ellos nos contaban cosas, sus propias crónicas de viaje. De ahí se me pegó el gusto por el género, intuyo. De una de esas linyeras me hice muy amigo, muy compinche. En un punto, a pesar de las diferencias, me hacía acordar a Lucrecia. Estaba llena de frases y de planes. Los linyeras verdaderos son parientes del gaucho desertor, de los goliardos medievales, de los místicos itinerantes, de los bufones reveladores, de los caminantes sin remedio, nos contaba. Y están en extinción, con tanto alambrado y tanta tecnología del control. Y son pobres, ese es el otro problema, eso también nos contaba mi amiga. Aunque ella seguramente dejó de serlo después de conocerme, porque le pasé claritas las señas del escondite del dinero, allá en las pampas, tal como a lo largo de mis andanzas hice antes y después con tantos otros compañeros de ruta, tantos lomos cansados, tantas almas briosas que no merecían caer bajo ningún yugo patronal nunca más. Y de qué otro modo lo harían si no es teniendo dinero. Vita me lo enseñó, y entonces me pareció bien compartir su dinero con todos ellos. Pero no quiero irme de tema, insisto. Eso es algo que también Vita me enseñó. De mi primera amiga de los caminos hablaba. Su nombre nunca lo supe, no quiso decirme. No es costumbre entre linyeras, me dijo, y me contó que su abuelo había sido un precursor en esos pagos mesopotámicos en los que por entonces rondábamos, un hombre que no solo andaba en los caminos, sino que también les abría los ojos a todos aquellos con los que se cruzaba en la huella. Fue una voz muy respetada entre los trabajadores golondrina. Y ahí nomás me explicó qué cosa era eso del trabajo golondrina, estupefacto ante frase tan bella como había quedado yo. En esos tiempos felices descubrí que no solo ella sino que los otros linyeras con los que andábamos, con los que nos cruzábamos, llevaban en sus hombros el mono y en sus bocas unas frases bellísimas, inesperadas. Nunca escuchadas antes por mí. Muchas se me han pegado. Muchas frases, muchos dichos. A veces hasta se me cuelan en lo que escribo. Qué feliz soy cuando eso pasa, lectores míos. Me detengo, no importa en qué recodo del camino esté, y repito la frase que se me acaba de colar, la arrullo como a un ser querido, tomo nota mental para mis composiciones futuras.

Errantes

[a partir de Vivian Abenshushan en *Escritos para desocupados*]

El principio de esclavitud
Planea sobre la multitud

¿Qué sería lo contrario
De un trabajo rutinario?
Devengamos errantes
Células electrizantes

Los horarios reglamentados
Las horas extra sin pago

¿Qué sería lo contrario
De un trabajo rutinario?
Devengamos errantes
Células electrizantes

Almorzamos, dijo el ñandú, y se tragó una piedra. Hay veces en las que la felicidad nos impide ver las trampas que nos aguardan en la vía. Un poco así fue, un poco así me pasó. Porque íbamos una tarde con mi nueva banda, íbamos raudos entre esteros y bañados, entre carpinchos y cocodrilos, entre camalotes y amapolas de agua, cuando nos agarró la patrulla. Así, de la nada. Juanes Figura todos alrededor, por donde uno mirara. Me corre un frío por las venas de solo recordar. Nunca supimos si nos delató un froilo o qué. A mis amigos linyeras los llevaron a la seccional, a mis amigos cuadrúpedos y a mí a un parque nacional. El Palmar se llama. Qué imaginación más lúgubre, señores, estuve tentado de decirles, maniatado y todo, cómo se nota que solo han conocido el lado adusto de la vida. Es por las palmeras, escuché que explicaban un día, los muy impávidos. No han sabido escuchar las irradiaciones múltiples de las palabras, no han tenido la suerte de andar por los caminos, no han sabido dejar que el viento les silbe al paso otras melodías, no han tenido la suerte de escuchar las canciones que compone mi Gloria querida ni mucho menos las que compongo yo, aunque me hayan tenido tan cerca, tan a mano, tan a su merced. Fin del excurso, que no quiero adelantarme. Nos soltaron por ahí, en algún recodo de ese parque en el que, pronto descubrí, había muchos de los míos rondando. Al principio, cándido como supe ser, pensé que entonces la cosa no estaba tan mal, que no podría andar surcando límites y alambrados como tanto me gusta, avanzando de sur a norte y viceversa, siempre en zigzag, pero que tal vez podía recuperar algo de mi vida de linyera en la cantidad inconmensurable de hectáreas verdes que veía a mi alrededor, que podríamos chapotear y contarnos cosas alrededor del fuego. Pero me equivocaba. Y cómo. Dios nos libre del agua mansa. Pronto supe de qué se trataba. Nos soltaban ahí, en ese parque, solo porque a las noches venían por nosotros. Y venían a matarnos. Así como se lo cuento. Otras patrullas de Juanes venían, ahora se llamaban guardaparques. Durmiendo con el enemigo. Son métodos de control, arguyen ellos y sus jefes y los jefes de sus jefes. Nosotros, los chanchos salvajes, sentencian, somos un peligro para las especies nativas, las animales y las vegetales. Y también para las personas, porque podemos embestirlas en las rutas. Y para las economías ni hablar: la perdición total. Todo eso dicen. Y mucho más. Lo dicen en las radios, en los despachos gubernamentales, en los congresos, en las visitas guiadas, en las rondas de mate. Los escuché muy de cerca con mi oído especialmente entrenado. No todos los chanchos salvajes se han criado desde chicos entre humanos, y mucho menos se han criado cerca de una mujer como Vita, que desde muy chico me susurraba al oído. Yo sé lo que dicen, yo sé lo que traman. Extinguirnos definitivamente. Pero por qué debemos pagar nosotros una culpa que no nos corresponde, por qué no hablan con el señor Cristóbal Colón, digo yo, que fue el primero que trajo a mis antepasados a estas tierras sin preguntarles nada, que paró especialmente en las islas Canarias para llevarse de ahí ocho ejemplares de *Sus scrofa*, y no cualquiera, no los primeros que se le aparecieron sino ocho ejemplares especialmente seleccionados que fueron entregados en mano y que llegaron así a las tierras del

Nuevo Mundo, llegaron sin comerla ni beberla, llegaron desconcertados, desarraigados, y entonces, en táctica de pura supervivencia, en despliegue estratégico, se desarrollaron y reprodujeron a un ritmo y a una velocidad desconcertantes, se convirtieron en explosiones de vida que corrían por los campos mientras exactamente lo contrario les pasaba a los pobladores locales, que empezaron a morir como moscas después de la llegada de ese caballero audaz llamado Cristóbal Colón y de muchos otros audaces que le siguieron y que, sin saberlo o sin saberlo del todo, le terminaron haciendo el juego a los poderosos de siempre, a esos señores cuyos nombres nunca sabemos, señores que nunca se mueven de sus sillas ni arriesgan sus pellejos y que, al final de la partida, contentan a sus líneas de fuego con algo que para ellos siempre será una migaja, porque pueden morir de un ataque súbito de corazón si se desprenden de algo más que eso. Y pensar que nos acusan a nosotros de depredadores.

La fábrica de la infelicidad

[a partir de Franco "Bifo" Berardi en *La fábrica de la infelicidad*]

Cada vez menos opción
De prestar nuestra atención
Los demás como competencia
Jamás como experiencia

Los patrones del mundo tienen pensado
Que solo disfrutes el supermercado

La obsesión por la carrera
Consume la vida entera
Sin tiempo para la ternura
Pronunciamos frases duras

Los patrones del mundo tienen pensado
Que solo disfrutes el supermercado

Hoy, por ejemplo, pasé la tarde mirando cómo se las arreglaban tres pájaros carpinteros para sacar sus alimentos de un sauce criollo, observando la meticulosa insistencia, las uñas de los pies como garras, como trompas que se aferran al bocado, la cabecita en rebote sumándose a esa danza en la que pareciera que acarician el árbol mientras comen, que agradecen. Fin de la descripción, que yo, que tantos he sido, no fui nunca el que se pusiera sentimental. Y, además, no quiero dejar de contar lo que siguió. Tienen que saber, lectores míos, que la desgracia siguió rondando, que ese Palmar al que me llevaron se las arregló para hacer honor a su nombre más siniestro durante más que un buen rato. Andábamos en un principio, como les dije ya, circulando por ahí en grupo, andaba yo en ese mismo principio un poco apaciguado y otro poco intrigado por los lomos temerosos de mis pares, por sus miradas huidizas, despavoridas. Pronto entendí de qué se trataba, y para eso no hizo falta más que empezar a verlos caer, verlos rodar en espasmos, verlos arrastrarse en aullidos, verlos rogarles a los dioses que los habían olvidado. Masacres frente a mis ojos sonambulados, las balas todavía silbando en mis oídos. Eso es lo que vi, eso es lo que experimenté. Y los que sobrevivíamos, aturdidos, lo hacíamos solo para contar muertos por las noches. Rumiaba pesares mi alma las pocas veces en las que no estaba esquivando balas. Y, para mi enorme pesar, para mi rotunda impavidez, se empezaron a apoderar de mí también las miradas despavoridas, las pisadas trémulas de quien se sabe cercado. Porque así era, porque así fue. Me cercaron una noche con perros, perros todos alrededor y rifles que me apuntaban desde varios ángulos y luces cegadoras que no dejaban escapatoria desde un helicóptero que también, como los perros, aturdía. Me volvieron a maniatar, encadenado me llevaron hasta la oficina del veterinario y ahí, al día siguiente, con un grupo de bípedos alrededor, algunos de los cuales filmaban la escena, me pusieron un collar delator. Me convirtieron en jabalí Judas. No es que me quiera poner bíblico, que yo, que tantos he sido, no he sido jamás aquel que tenga cita con santos. Es que así, jabalí Judas, es como se les llama en la jerga especializada a los mártires a los que eligen para aplicar esta otra modalidad de caza, la más cruel, la más canalla, esta modalidad basada en la delación involuntaria de los paraderos de los nuestros a partir de las señales satelitales que se envían desde esos collares inamovibles. Los muy pérfidos me sedaron y me pusieron ese collar planeando volver a caer sobre los más recónditos de los míos, sobre los grupos que habían sabido encontrar sus escondrijos y sus pasadizos secretos, volver a caer con los perros y la saliva y la rabia y las luces enceguecedoras y los helicópteros y los motores apañadores. Demoledor. Prefiero guardarme los detalles. Lo que nadie en esa caseta de veterinario pudo saber en aquel momento ni puede saber tampoco al día de hoy, cuando han pasado casi dos años ya, es que yo no soy un chancho salvaje más, no fui solamente una víctima más de sus tropelías sino que, en una de esas vueltas de la vida, aprendí a decodificar la lengua de los humanos. A escribirla también, como consta en esta crónica, como consta en mis canciones. Pero de vuelta al hilo, que tan fácil pierdo. Los bípedos y sus secuaces no lograban entender por qué yo me negué a moverme desde el primer minuto. Ni un metro. Apenas unos centímetros en redondo en ese rincón junto al ceibo que terminaron endilgándome, atónitos como estaban. Los dejé enmudecidos. Enojados, frustrados. En fin, el estado habitual de estas pobres gentes. Reconozco que hubo un primer instante en el que me dispuse a morir, a que me ejecutaran ahí mismo. Pero no fue necesario mantenerme mucho tiempo en esa postura, la verdad, así que yo, que tantos he sido, no voy a jugarla acá de gran héroe. Estaba yo empacado ahí, en la puerta del veterinario. Empacado como una mula, decían, los muy asordinados, decían y se miraban atónitos porque yo no había aprovechado para salir corriendo ni la puerta abierta, ni el aire libre, ni siquiera el primer bocado que me tiraron. Qué falta de imaginación, por favor, qué falta de todo. La libertad no tiene nada que ver con salir corriendo, bípedos. Y mucho menos la libertad de una tribu, que es la que yo había logrado armar en esos años de vagabundear por las pampas, las estepas, las sierras, las cordilleras, los valles, las yungas, los esteros y los bañados. Tan atónitos quedaron que decidieron llamar a algún experto de una universidad. Y después al de otra, y otras, y otras. La técnica del jabalí Judas estaba fallando. Horror. Dieron después aviso a sus colegas europeos y del mundo entero, siempre pisándose los pies para que los poderosos se enteren de sus pequeñas tribulaciones, de sus grandes contribuciones, siempre rindiendo cuentas en definitiva. Pusieron sobre guardia al fabricante de collares, siempre a un paso del buchoneo por dinero como están, siempre atentos a no defraudar las consecuencias económicas de casi todo. De qué sirve tener rancho si el alero no da sombra, señores, de qué. Tal vez estemos en un estadio en el cual los chanchos salvajes solo querramos entregarnos, se ilusionaban, tal vez es un cambio en la conducta, aventuraban, un buen efecto de tener una libertad relativa como la que tienen los jabalíes en este parque nacional, se entusiasmaban, tal vez los efectos letales de sus acciones estén incorporándose a la memoria genética de los grupos que andan por el parque, se enfervorizaban, tal vez se haya activado un modo en el que los jabalíes se estén transmitiendo esa información de manera subliminal, se atosigaban mientras pensaban en publicaciones con referato, algún código que todavía no habían llegado a descifrar pero que evidentemente estaba cambiando los hábitos nómades de la especie, alucinaban con perspectivas de carrera internacional, tal vez lo que llaman sus métodos de control, es decir sus matanzas si me disculpan la traducción, finalmente habían provocado una mutación a partir de la cual nos iríamos autoextinguiendo sin que ellos tuvieran que destinar más recursos ni inventar más eufemismos. En fin. Las especulaciones seguían. Yo los dejaba hacer. Los adivinaba. Los distraía. Yo salvaba a los míos con mi inmovilidad. Tomaba nota de las extraordinarias mutaciones del universo natural. Me comunicaba con los pájaros y con los insectos. Recogía material. Acumulaba pruebas. Recordaba lecturas. Componía canciones. En eso estaba cuando un día, una mañana de mucho viento, de mucho aire, cuando yo casi había dejado de ser un dilema para los científicos y estaba más bien empezando a ser una atracción para los turistas, se presentó en mi rincón alguien que no era uno más de esos que tanto me habían pululado alrededor, sino alguien al que habían convocado como opción alternativa algunos pocos científicos curiosos que todavía quedaban por ahí, alguien que, antes que como experto, prefería definirse como un caminante, un chico flaco hasta los huesos, y muy locuaz, muy todo vestido de un solo color vibrante, el pelo recogido en un rodete que más bien parecía una antena, un cuerno como solo he visto en animales fantásticos, y este mismo ser, después de mirarme de cerca, y también de lejos, después de auscultarme, de olerme, de mirarme dentro de los ojos, de olerme dentro de las orejas, puso los ojos en blanco, quedó como ido, como transmutado, como abducido, y solo volvió en sí para ordenar que me sacaran ese collar, el collar de Judas, y que me lo sacaran urgente, y lo argumentó en un tono, cómo decirles, conocido, lo dijo con una vehemencia y una exactitud que se parecía mucho a los susurros de Vita, a sus palabras de aliento, a sus arengas, a sus discursos de trasnoche, lo dijo, y juro acá que no miento, lo dijo casi como si ella estuviera ahí, como si la mismísima Vita estuviera ahí, una impresión que había tenido yo ya en algunas de esas sobremesas en el escritorio de Lucre, una presencia que tomaba la escena, que imponía sus palabras, y que en este caso emanaba de esa antena en forma de rodete, y así, mientras él hablaba, mientras organizaba, mientras argumentaba, mientras decía lo que había que hacer y por qué, las manos trémulas de los guardaparques fueron haciendo su trabajo, quitándome ese collar que me había mantenido inmóvil durante días y noches, quitándolo de raíz, íntegro, quitándolo casi en automático, casi sin darse cuenta, embelesados como estaban escuchando al caminante que seguía esparciendo frases enfundado en sus colores vibrantes, explicándoles a los allí reunidos que, como esa técnica del collar del Jabalí Judas se usa ya hace muchos años, es muy probable que el animal, en este caso yo mismito, hubiera registrado una asociación entre esa presión en su cuello y la muerte generalizada de los suyos alrededor, que no hay que olvidar que el jabalí, como todo chancho, es un ser de gran inteligencia, les juro que así dijo, y que frente a esa presión, frente a ese futuro agorero que veía para él y los suyos, se hubiese paralizado, horrorizado, y que lo mismo podrían hacer todos los que ahí lo rodean, burócratas y expertos, paralizarse a ver si así de una vez por todas registran el embotamiento de sus cerebros, la estasis endémica de sus miembros, la perniciosa falta de originalidad de sus discursos, la sumisión de sus hipótesis gastadas, la funcionalidad rastrera de sus dictámenes, la complicidad degradante de sus prácticas y la imbecilidad aberrante de sus conclusiones, elucubración frente a la cual los allí reunidos empezaron a las vociferaciones y los golpes, a los silbidos y los vituperios. Aprovechate gaviota, que no te vas a ver en otra, me dije yo en cuanto comprobé que mi cuello estaba libre y así, con un paso en principio sigiloso, con un silbido subterráneo para quienes quisieran seguirme, salí de ahí y volví a entregarme a los caminos, a los mismos caminos que me habían visto pasar, y a otros nuevos, siempre inesperados, siempre jolgoriosos, siempre bordeados por la sombra de algún árbol bajo la cual puedo sentarme a dormir, a cantar, a gozar o, como hoy, a escribirles esta crónica que, mientras mis pezuñas resistan, no tendrá final.

ÍNDICE

Agradecimientos

Por las lecturas, por los comentarios precisos y por el entusiasmo, quiero agradecer especialmente a Ana Laura Pérez. Por la generosidad con la que me abrió el mundo alucinante de la escritura de canciones, a Pablo Schanton. Por las lecturas y los comentarios y los datos específicos de los más variados, a Hugo Alonso, Lisandro Alonso, Osvaldo Baigorria, Bardo Bengolea, Santiago Bengolea, Claudio Bertonatti, Alessia Biasatto, Mariana Bozetti, Lila Caimari, Martín Canale, Meco Castilla, Daniela Cristoff, Nori Crotti, Dominique del Corto, Mariana Di Stefano, Patricio Fontana, Luz Horne, Manuela Iglesias, Aristóbulo Maranta, Gabriela Massuh, Eduardo Molinari, Roberto Molinari, Valentín Muro, Rosa Nolly, Patricio Nusshold, Sandra Pareja, Simón Paz, Mercedes Pico, Rodolfo Prantte, RES, Mariana Rey, Natalia Ribas, Juana Torino, Luisa Vallory.

MAPA DE LAS LENGUAS UN MAPA SIN FRONTERAS 2023

RANDOM HOUSE / CHILE
Otro tipo de música
Colombina Parra

RANDOM HOUSE / ARGENTINA
Derroche
María Sonia Cristoff

RANDOM HOUSE / ESPAÑA
La bajamar
Aroa Moreno Durán

ALFAGUARA / ARGENTINA
Miramar
Gloria Peirano

RANDOM HOUSE / COLOMBIA
Cartas abiertas
Juan Esteban Constaín

ALFAGUARA / MÉXICO
La cabeza de mi padre
Alma Delia Murillo

RANDOM HOUSE / PERÚ
Quiénes somos ahora
Katya Adaui

ALFAGUARA / ESPAÑA
Las herederas
Aixa de la Cruz

RANDOM HOUSE / MÉXICO
El corredor o las almas que lleva el diablo
Alejandro Vázquez Ortiz

ALFAGUARA / COLOMBIA
Recuerdos del río volador
Daniel Ferreira

RANDOM HOUSE / URUGUAY
Un pianista de provincias
Ramiro Sanchiz